読み終わらない本

若松英輔

KADOKAWA

読み終わらない本

装画　合田里美
装丁　小川恵子（瀬戸内デザイン）

物事はすべてそんなに容易に掴《つか》めるものでも言えるものでもありません、ともすれば世人はそのように思い込ませたがるものですけれども。たいていの出来事は口に出して言えないものです、全然言葉などの踏み込んだことのない領域で行われるものです。それにまた芸術作品ほど言語に絶したものはありません、それは秘密に満ちた存在で、その生命は、過ぎ去る我々の生命のそばにあって、永続するものなのです。

（リルケ『若き詩人への手紙』高安国世訳）

もくじ

小さなひと

人は、未来を知ることはできない。でも、予感めいたものはあって、この手紙が君に届くのを、ぼくは疑わない。君が誰かをまったく知らないというのに。いつ、どこで君がぼくの手紙を読んでくれるのかも見当がつかない。でも、そう思ういっぽうで、言葉が見えない切手になって、天を駆け、君のもとへ届くと信じてもいる。

ぼくが、君を知らなくても、言葉が、君のところまで飛んでいく。そう書いたら君は奇妙に感じるだろうか。

知らない人に手紙を書くなんて、変な人だと思うかもしれない。でも、この世界は不思議なことで満ちている。人間が頭で考えていることなんて、簡単に飛び越えて出来事が起こる。ぼくのいっていることはほんとうだ。だって今、君はこの文章を読んでくれているじゃないか。

会えるはずのない人に出会ったり、自分が思っていたのとは違う人を愛したり、亡くなっている人と語り合うような気持ちになることもある。ふとした言葉で、人生が変わったり、一枚の絵に救われることもある。悲しみの底にある人が、それでも幸せだと口にし、深い嘆きのなかに生きる意味を見つけることもある。

あるときまで、言葉は、自分の考えや思いを誰かに伝えるときに用いるものだと思い込んでいた。でも今は、まったく違う実感がある。むしろ言葉は、考えや思いにならない何かを、こころからこころへ運ぶものだと感じるようになった。そして言葉は、ぼくたちを、ぼくたちの知らない「自分」へと導いてくれる光のようなものだと感じている。

今、ぼくは、五十四歳だ。あるとき、五十歳を過ぎたあたりから、かつて自分がしてもらったように若い人に、自分が受け取ってきたものを少しずつ手渡していかなくてはならないと強く感じるようになった。

昔の人は、人生五十年と書いたりしている。現代では、もっと長く生きている人はたくさんいるから、特別な年齢ではなくなりつつあるけれど、ぼくにはとっても意味があることだった。ほかの人には関係のない、ぼくだけの大きな目印だった。とっても大切な人が四十九歳で亡くなっていて、あるときから、自分もその年齢までしか生きないのではないかと思い込むようになったからだ。

人はいつ亡くなるか分からない。でも、どんなに長生きしても、思ったよりも早いと感じるのではないだろうか。ぼくはもう、何かを得るだけの年齢は過ぎた。これからは得るだけでなく、できれば誰かと何か意味のあるものを分かち合いたいんだ。

人は、食べなくては生きていけないように、学ばなくてはならない。その人に、学ぶつもりがなくても、人生はつねに何かを学べとぼくたちの前に試練をもたらす。

かつては、学ぶのは自分の人生を少しでも豊かにするためだと信じて疑わなかった。でも、今はまったく異なる実感がある。自分だけのために学ぶ、というが、ぼくはその「自分」が何であるかを知らないんじゃないだろうか。

君は、自分の力だけで生きているのだろうか。気が付かないところで、じつに多くの人たちに——それも亡くなった人たちも含めて——助けられて、日々を送っているのではないだろうか。自分とは、避けることのできないかたちで他者とつながっている存在なのかもしれない。

たとえば今、ぼくたちの前に開かれている叡知《えいち》は、誰が運んでくれたのだろう。それは、食卓にのぼる食べ物と同じで、気が付かないところで誰かが運んでくれたのではないだろうか。

プラトン（BC四二七～BC三四七）という哲学者がいる。ある人は彼を、その師ソクラテスとともに、哲学の祖と呼ぶ。書店にいけば数百円でプラトンの著作を日本語で読める。

これは驚くべきことだ。でも、これが実現しているのは、時代を超えて、東西の文化を超えて、無数の人々がプラトンの言葉を後世に伝えなくてはならないと感じ、実践してくれたからだ。不要なものだと思えば、歴史のなかで泡と消え、今日《こんにち》まで伝わることなどないのだから。

君は今、たくさんのことを学んでいる。学校だけでなく、友達や好きな人、あるいは家族、嫌いな人からもぼくたちは学ぶことができる。君は本を読む。多くの、そして確かな知識を得たいと思ってページをめくる。目に見えるものでも、見えないものでも、人は、自分のものにするためにそれを手に入れ、会得しようとする。手にしたものはなかなか手放さない。でも、もしかしたら、大切なのは、物事を自分だけのものにすることではなく、誰かのもとに届けることかもしれないんだ。

これからぼくは君に、少し長い手紙を書こうと思う。そして何人かのぼくの人生を変えてくれた人物と言葉を、君に伝えることができたらと願っている。

もちろんぼくにとって重要だった人が、君にもそうなるとは限らない。でも、ぼくがその人というよりも人間そのものを信頼したように、君にとっても信頼できる人間が、今日までの長い歴史のなかには必ずいることを伝えられればと思う。

ぼくたちは、ある特定の個人を信頼できなくなることがある。でも、そのことは、人間そのものへの信頼が失われたことを意味しない。ぼくや君がそうであるように、人は誰もあやまちを犯す。でも、ぼくがいう「人間」には、その失敗から学んだほんとうの知恵もつまっている。

今、ぼくたちは、とても困難な時代を生きている。人が人とのつながりを見失いつつある時代に生きている。ある意味では、人を信頼するという当たり前のことが、こんなにむずかしくなった時代はないかもしれない。でも君が、個人を信頼することがむずかしいことがあっても、人間への信頼を失わないでいてくれたら——今という時代に失望を感じることがあっても、絶望のなかにさえも希望を見出《みいだ》そうとした人が、かつていたことを忘れないでいてくれたら。そう願ってやまない。


君くらいの年齢のとき、ぼくは学校の休み時間が嫌いだった。授業中は、先生の話を聞いたり、聞くふりをして自分の好きな本を読んでいればよかった。でも、休み時間には、同じクラスの人と話をしなくてはいけない。

友達がいないわけではなかったけど、それよりも親しく交わっていたのは歴史の世界の住人たちだった。ひとりでいたいのに何となく、そんな雰囲気でもなく、仲がよいふりをしなくてはいけないのが、いやだった。

あのときは、どうしてそんなにひとりでいたいのか分からなかったけど、今ははっきりと分かる。人間にはあるとき、孤独が必要なんだ。

孤立と孤独はちがう。孤立は、社会から追放されることで、これはあってはならない。でも、孤独はなくてはならない。それは、自分と向き合うことであり、今の自分にほんとうに必要なものを見極めるときでもある。

本を読むとき、人はひとりでいなくてはならない。読むということは、ぼくたちに孤独になることを求めてくる。

孤独とは、たんに一人でいることではない。現代は、部屋で一人でいても、インターネットを介して無数の人々とつながることができる。孤独は、こうしたつながりから少し離れて、こころの世界に足を踏み入れることだ。

こころの世界は、ほの暗い。ふとしたときにぼくたちはそこをかいま見るから、じつはみんな、そのことを知っている。知っているから、自分と向き合うのを避けることがある。そう、ほんとうの意味で「ひとり」でいるためには、少し勇気が必要なんだ。

高校生の頃、本を読む、ということは、文字を追うことではなく、それを書いた者と無言の対話を交わすことだった。クラスメイトは分かってくれないようなことでも、この本を書いた人なら分かってくれる、そんな感じがした。

若い頃は、こんなことを考えているのは自分だけだと思っていたし、自分が変わり者であるという自覚もあった。でも、自分で文章を書くようになって発見したのは、文学や芸術の世界には、変わり者しかいないということだった。本を読むこととは、言葉を通じてその人に会い、言葉を交わすことだと語る哲学者の**デカルト**（一五九六〜一六五〇）のような人もいた。

江戸《えど》時代に**伊藤仁斎**《いとうじんさい》（一六二七〜一七〇五）という在野の儒学者がいた。儒学者とは、『**論語**』の語り手である**孔子**《こうし》（BC五五二〜BC四七九）に始まる儒学の研究者のことだ。

孔子は、古代中国の人物だが、この人物の思想は、江戸時代の日本でとても大きな変貌《へんぼう》を遂げた。その潮流を作った中心的人物のひとりだ。君も学校でならったかもしれないが、儒学者には**林羅山**《はやしらざん》（一五八三〜一六五七）のように、公《おおやけ》に近い場所で学問を行う人もいた。だが、仁斎はちがって、あくまでも民衆のなかで生き、学んだ。

この人物にとって『論語』を読む、ということは、文字となった哲学を理解することではなかった。文字という扉の奥で孔子と語り合うことにほかならなかった。ぼくはこの人物の存在を**小林秀雄**《こばやしひでお》（一九〇二〜一九八三）という文学者の著作を通じて知った。小林は、仁斎にとって、「読書とは、信頼する人間と交わる楽しみであった」と書いたあと、こう記している。

彼は、精読、熟読という言葉とともに体翫《たいがん》という言葉を使っているが、読書とは、信頼する人間と交わる楽しみであった。論語に交わって、孔子の謦咳《けいがい》を承《う》け、「手の之《これ》を舞ひ足の之を蹈《ふ》むところを知らず」と告白するところに嘘はない筈《はず》だ。この楽しみを、今、現に自分は経験している。だから、彼は、自分の論語の註解《ちゅうかい》を「生活の脚注」と呼べたのである。

（「学問」『考えるヒント2』小林秀雄）

仁斎は、『論語』を読んでいるとき、手を叩いて喜びを表現せずにはいられないような、また、足が宙に浮いているような深いよろこびに満たされていた。彼にとって「読む」とは、単なる知識の習得ではなく、生活全体を巻き込む出来事だった。だからこそ、彼は自分が書いた、『論語』の註解書である『論語古義』を「生活」による脚注だと呼べたのだ、というのだ。

頭で読むだけでなく、その言葉を生きてみなければけっして分からないものが『論語』

という書物に宿っていて、仁斎はそれを日々の生活のなかでたしかめていったのだった。

本は、いかに多くを読むかが問題ではない。むしろ、どうやって「読み終わらない本」に出会うかが問題だ。仁斎にとって『論語』は、日々、新生する書物だった。毎日、新しい発見を彼にもたらした。彼は、『論語』が分かったなどと、けっしていわなかっただろう。むしろ、読めば読むほど、謎は深まっていったというだろう。

ここでの『論語』は、長く読み継がれてきた「古典」に置き換えてもかまわない。仁斎にとっては『論語』だったものは、ある人にとっては『聖書』で、別な人には『歎異抄《たんにしょう》』かもしれない。「古典」は無数にある。仁斎が『論語』を見つけたように、ぼくたちも「わたしの古典」を見つけて行かなくてはならない。

想像してみてほしい。君のこころに、目には見えない姿で、君より若い、これからいろんなことを学ぼうとする人がいる。その目には映らない「小さなひと」は、別の人格だけど君とこころのなかで深くつながっている。

君が学ぶ、それは君が知識を増やすということだけでなく、この「小さなひと」を育てていくことだと考えてみてほしい。君は、その「小さなひと」の友であり、ときに師にならなくてはならない。

自分のためだけに学ぶのではなく、この内なる「小さなひと」のためにも学んでいる。生きることは、自分を豊かにするだけでなく、この内なる他者を育てることでもある、そう考えてみてほしい。

この「小さなひと」ととても親密な交わりをもった人がいる。二十世紀フランスの作家**アントワーヌ・ド・サン＝テグジュペリ**（一九〇〇〜一九四四）だ。

君は**『星の王子さま』**という物語を知っているだろうか。これが彼の代表作の一つだ。この作品の原題は“Le Petit Prince”という。そのまま訳すと「小さな王子さま」となる。

この物語のはじめのほうに、こんな一節がある。

こんなわけでわたしは6年まえ、サハラ砂漠に不時着するまで、ほんとうに話し合えるひともなく、孤独に暮らしていました。

（『小さな王子さま』サン＝テグジュペリ／山崎庸一郎訳・以下同）

よく読むと少し分かりにくい文章だと思う。どうしてサハラ砂漠に不時着したことと、孤独とが関係あるのかが、まったく分からない。

サン＝テグジュペリは、世界的に知られた作家でもあるけど、飛行機の操縦士でもあった。彼が小説を書いたのは、ケガなどをして、飛行機に乗れないときが多かったからだ。彼が生きた時代は、長く戦争があったから空軍に属したこともある。でも、彼は軍隊でも、戦闘機に乗るのではなく、偵察をしたりする仕事を希望し、そうした任務に就いていた。

当時の飛行機は、今日《こんにち》ぼくたちが考えているようなものよりも、ずっと危険で、それを操縦するのは、文字通りの意味でいのちを賭《か》けた仕事だった。彼自身も幾度も生死をさまようようなことがあった。亡くなったのも、飛行中に行方不明になったからだった。

先の一節にもあった「サハラ砂漠に不時着」した、というのも物語上の設定ではなく、一九三五年に実際に起こったことだった。同乗者と二人、一週間分の飲み水があるだけだった。でも、ここでいちばん大切なのは、作者がどんなに危険な経験を経たかという事実の確認ではない。「ほんとうに話し合えるひともなく、孤独に暮らしていました」という一節のあとに起こった出来事のほうだ。サン＝テグジュペリは、いのちの危機のなかで、孤独のなかでも語り合える「友」を見つけた。そして、その友から聞いた話を描き出したのが『小さな王子さま』なんだ。

この物語をどうか空想だなんて思わないでほしい。もちろん、「小さな王子さま」は現実の世界には存在しない。でも、ここでいう「現実」は、いわば外的現実で、ぼくたちにはもうひとつ「内的現実」と呼ぶべき世界がある。

君にだってあるだろう。ほかの人には感じることのできない、しかし、かけがえのない、いのちの泉のような場所が。

「小さな王子さま」は、その内なる世界の住人で、サン＝テグジュペリは、サハラ砂漠で生命の危機を感じつつ、この世界とそれまでにない交わりをもった。そこでの経験を「物語」にした。

この本で、いちばんよく知られているのは、おそらく「小さな王子さま」が友だちになった「キツネ」とかわす次の会話だ。

「さようなら」と、彼は言いました……

「さようなら」と、キツネは言いました。「ぼくの秘密を教えてあげよう。とても簡単なことだ。心で見なくちゃよく見えない。大切なことは目には見えないんだよ」

（前掲書）

この一節は、ほんとうによく知られている。この作品を読んだことがない人でも知っている。この本は世界で二億部を超えるほど発刊されているという。でも、多くの人に読まれたということは、それがたしかに受けとめられたということと同じじゃない。むしろ、多く読まれたからこそ、そのほんとうの意味が隠れることだってある。

物語を読むということは、あらすじを追うことじゃない。それならほかの人でもできる。ほんとうの意味で、君が「読む」ということは、君が自分で見たもの、感じたことを受けとめる、ということだ。

さらにいえば、あらすじの奥にあるものをしっかりと見定めることだ。キツネのいっていることはほんとうで、本を読むときだって、「大切なことは目には見えない」んだ。たしかに大切なものは目には見えない。でも、そう言われたらぼくたちはどうしたらよいのだろう。

もし、「大切なことは目には見えない」のだとしたら、この本を読むぼくたちは、文字の奥に何かを感じなくてはならなくなる。何も感じなければ、それを探すこともできない。目に見える言葉の奥に秘められた意味を見つけださなくてはならないんじゃないだろうか。

教科書には、嘘は書かれていない。でも、ほんとうのことも記されていないかもしれない、そう思ったことはないだろうか。テレビや新聞も、偽りを語っているのではないけれど、そこにはほんとうのことが語られないままになっている、そう感じたことはないだろうか。

そこに記されている事実は、表面上の事実で、ぼくたちが自分で探さなくてはならないものは、毎日、氾濫《はんらん》している情報とは別なところにある。それは、テレビやインターネットの世界にはないことを君も、もうすでに気が付いているんじゃないだろうか。

言葉という器には収まらないものはたくさんある。だから、絵画があって、音楽がある。彫刻があって舞踊がある。無数の芸術が、言葉からこぼれおちるものをすくいあげている。

文学は、言葉によって言葉にならないものを表現しようとする芸術だ。言葉によって言葉にならないものを表現するなんて、矛盾していると思うかもしれないけどほんとうで、だからこそ、ぼくたちはそこに簡単には語れない感動を覚えるんじゃないだろうか。そこに文字では記されていないことが、まざまざと心に映じてくるのに驚くんじゃないだろうか。

キツネは、心で見なくてはならないという。日本語には「心眼」という言葉がある。肉眼では見えないものを「観る」もう一つの眼だ。ぼくたちはどうしたらもう一つの眼を開くことができるのだろう。別の言い方をすれば、いつこの「眼」が開かれるんだろう。

君は、自分と同じくらい大切におもう人がいるだろうか。その人のことを強くおもうのは、その人といっしょにいるときか、それともその人と離れなくてはいけなくて、ひとりでいるときだろうか。

会いたいと思う人に会えるのはすばらしい。でも、君がその人のことをほんとうに強くおもっているのは、会えずにいて、会いたいと想っているときではないだろうか。「思う」とき、ぼくたちの心の眼は、十分に開いていないのかもしれない。でも、誰かをほんとうに「想う」とき、その「眼」は、静かに開き始める。肉眼でものを見ようとするときよりも、それが目では見えないときに開かれる。

さらに、さっき見た言葉には、次の一節が続く。ぼくが君に伝えたいと思ったのは、「大切なことは目には見えない」ということよりも、こちらなんだ。

「大切なことは目には見えない」と、小さな王子さまはよく覚えておこうと繰り返しました。「きみのバラをそんなにも大切なものにしたのは、きみがきみのバラのためにかけた時間だよ」

「ぼくがぼくのバラのためにかけた時間……」と、小さな王子さまはよく覚えておこうと繰り返しました。

（前掲書）

「小さな王子さま」は、バラの花を大切にしていた。それが「小さな王子さま」のなかにある「小さきもの」だった。王子さまは、ぼくたちが「小さなひと」を育てるようにバラを育てていた。その姿を見て、キツネは、いちばん大切なのは、バラが美しく咲くことではなく、そこに捧《ささ》げた「時間」だという。

現代という時代は、いろんなものを結果で、さらには成果で考えるようになってしまった。でも、キツネはそうじゃない、その道程にこそ意味があるというんだ。

もし君が、「時間」を単に時計で計るのとは別な何かとして感じることができれば、ほかの人から「時間」を受けとることができるようになる。

長い期間、さらには強い熱意を注いでも、うまく物事が運ばないこともある。そんなときでも君は、その人が捧げた「時間」を受けとめられるんだ。自分の人生でもそうしたことは起きる。真剣に何かをやってうまく行かなかった自分を君は、ゆるし、誰にも見えないところで励ますこともできるようになる。

キツネの言葉はさらに続く。

「人間たちはこの真実を忘れてしまった」と、キツネは言いました。「でも、きみはそれを忘れてはいけない。きみは自分が飼いならしたものに永遠に責任を負うことになる。きみはきみのバラに責任がある……」

「ぼくはぼくのバラに責任がある……」と、小さな王子さまはよく覚えておこうと繰り返しました。

（前掲書）

ここで「飼いならす」と訳されているフランス語にはさまざまな意味があって、この本を論じる研究者たちは必ずといってよいほど、この一語をめぐって自分の考えを述べている。それは単に人間の都合のよいようにしつけることではない。今は、「飼いならす」というよりは、「ともに生きて行く運命を受け容《い》れたのなら」というくらいで受けとめるとよいかもしれない。

バラとともに生きて行く、この人生を受け容れたのなら、自分だけでなく、その「バラ」の生にも責任がある、とキツネはいう。

サン＝テグジュペリにとって「小さな王子さま」がそうであったように、「小さな王子さま」にとっては、「バラ」が「小さなひと」だった。ぼくたちが、ぼくたち自身であれるのは、ほかの誰かよりも強く、秀でた存在になるからではなくて、自分より「小さな」、そして何かの手助けを必要とする存在を、こころの世界に招き入れるからなんだ。

世の中は君に、優れた者になれ、偉くなれというかもしれない。でも、それはみんな比較の世界で、人間を何かの「量」として計っているんじゃないだろうか。君と同じ人間は二人いない。君だけでなく、世界に同じ人間は二人いない。量的な存在にはいつも代わりがある。でも同じ人間はいない。「人間」は、いつ、どんなときも質的存在なのではないだろうか。誰もが、ただ一つの宿命を背負った固有な存在なのではないだろうか。

ここまで書いたらきっと、君はもう分かっている。そうなんだ。君が探している何かは、君が自分の手で見つけなくてはならないものだ。君が探しているものは、ほかの人には分からない。君が懸命になって探している何かは、この長い歴史のなかで、まだ、誰も見たことがないものなんだ。

でも、よく考えてみたら、それはまったく不思議なことなんかじゃない。君もよく知らない「ほんとうの君」を、どうしてほかの人が知っているはずがあるだろう。

ほかの人がちからを貸してくれることもある。でも、土のなかに眠る原石を取り出すのも、それを磨くのも君は自分でやらなくてはならない。それは、君だけが入ることのできる、こころの奥の部屋にあるからだ。

こころの奥に潜んでいるものを、ぼくたちが、かいま見ようとするとき、もっとも確実な営みは「書く」ことなんだ。そのことに気が付いたからサン＝テグジュペリは『小さな王子さま』を書いた。むしろ、書かなくてはならなかった。書かなければ、彼は自分のなかで、何が起こっているかが分からなかった。

書いたけど出さなかった手紙、書いたけど出さなかったメール、という経験はないだろうか。

ある人のことを思いながら手紙を書く。すると、書こうと思ったときとちがったことを書いてしまって、出すのをやめたことはないだろうか。

許せない、そう思った人に、あるいは、ほんとうに好きになった人に向かって書いた手紙を出さないまま、机の中にしまったことはないだろうか。

ぼくはある。何度もある。

そうなんだ。書くということは、思ったことを文字にすることだけではない。書くことで自分のおもいを知る。書くことで、ぼくたちは自分が何を感じ、どう生きてきたかを知る。

「おもい」と一言でいうのは、簡単だ。でも、複雑な思い、という表現があるように、事実、「おもい」は、「思い」や「想い」という言葉では表現できない、深く、広い意味を持っている。このことをめぐっては、また、次の手紙で。

からだをいつも労《いたわ》ってください。君が、いちばん大事な人を大切にするように、自分自身のからだとこころを労ることを忘れないでいてください。

君は、君の「バラ」にも「責任がある」んだから。

春の使者

寒いと思っていたのにいつの間にかコートはいらなくなっていた。季節はいつも気が付かないうちにやってくる。

冬の寒い日、ぼくたちは、早く春が来てほしいと願う。でも、もし冬がなければ、春の意味を改めて感じることもないかもしれない。

「人生における冬の季節」と表現すると、何か過酷な毎日を想像するようだけど、そう感じる人ばかりでもない。冬こそ、もっとも確かに春を予告する、と感じる人もいる。

冬ナクバ
春ナキニ

冬がなければ、春もないのだ。冬と春は別なものではなく、季節という大きなはたらきの異なる「顔」だというのだろう。

これを書いたのは、柳宗悦《やなぎむねよし》（一八八九～一九六一）という人物だ。近代日本を代表する哲学者でありながら、「民藝《みんげい》」という言葉を生み、美の世界でもほとんど革命といってよいような潮流を作り出した人物だ。

「民藝」は、民衆的工藝の略語で、この言葉が生まれる前、美は世にいう芸術家たちによって作られると信じられていた。民衆が作ったものは、雑器に過ぎず、美の対象になるようなものではない、と考えられていた。

柳は、まったく違った態度で美を語った。民衆によって作られ、民衆の毎日の生活に深くなじむもの、そういうものこそ美しい。そこには未《いま》だ、十分に認識されていない美が眠っている、といったのだった。一九二五年の暮れ、柳は濱田《はまだ》庄司《しょうじ》、河井《かわい》寛次郎《かんじろう》という同志と共に語り合ううちにこの言葉を見つけたといわれる。

今日「民藝」という言葉を多くの人が知っている。まだ、誕生から百年も経過していないのに古くからある文字のようにぼくたちの生活になじんでいる。柳は、器をはじめとした、民衆の生活と深く関係している「物」を「民藝」と呼んだだけではなかった。ほんとうは言葉もまた、同じであることに気が付いていた。

研究者がそれぞれの分野で用いる言葉を「術語」という。哲学的術語、経済学的術語というものがある。さまざまな世界の「術語」がテレビやインターネットを通じて今、ぼくたちの日常に流れ込んでいる。でも、それとは別に、もっと深い、ほんとうの生活で用いている言葉もある。それに柳は、特別な呼び名を与えていない。ここでは「民藝」にならって、民衆的言語の略で「民語」と呼ぶことにする。

民語は、平凡な、あるいは凡庸な、といってもよい言葉だ。でも、ぼくたちはそれらを、万感のおもいを込めて用いていることもある。

君は今、大切な人がいるだろうか。この人と生きることが、自分の生きる意味だと感じられるような人はいるだろうか。その人との生活のなかで君が普段用いている言葉だ。

その人に君は、毎日、おはようと声をかける。でも、いつか、その人に最後の「おはよう」を言う日が来る。そのとき君は、ある意味では、使い古されたといってよいこの一語を、そこにわが身を賭《と》すようなおもいで口にすることになる。

言葉の本質は、記号的なはたらきではない。そのとき、その瞬間に生まれる、ただ一度きりの「意味」にある。

「おはよう」という何気ない呼びかけが、あるときには、人生の意味を、自分だけでなく、未知なる他者のこころを揺り動かすようなちからをもって、この世に顕現させることもある。このとき君は、ほかの人をねじ伏せるような「力」ではなく、こころとこころをつなぐ、ほんとうの「ちから」を、きっと感じると思う。

君は、二度、同じ「おはよう」を口にすることはできない。これはほんとうに厳粛な現実なんだ。

冬と春をめぐって柳は、もう一つ詩を残している。

冬　キビシ
春ヲ含ミテ

冬は厳しいだけではない。まだ見ることのない、しかし、確実な春の訪れを告げている、という。人生の冬を君もいつか経験する。そのときにこの「偈《うた》」を思い出してほしい。冬は、姿を変えた春なんだ。

たった二行の詩、彼はこれを心の「偈《うた》」ということで「心偈《こころうた》」と名付けた。「偈」という言葉は「偈《げ》」とも読んで、僧などがその内心に浮かび上がった宗教的な経験を言葉にしたときのことをいう。柳は、美を生むのが芸術家だけではないように、「偈」を生むのも宗教者だけである必要はない、と考えたのだと思う。

季節の変化をぼくたちは樹々や草花、鳥のさえずりなどで感じている。昔から人は、梅やさくらや木に生い茂る葉を和歌に詠《うた》い、自然との交わりを表現してきた。

久方のひかりのどけき春の日にしづ心なく花のちるらむ

『古今和歌集』に収められ、そして『百人一首』の一つにも選ばれている紀友則《きのとものり》という人の歌だ。ひかりがのどかに差し込む春の日、なぜ花は何か語るべきことを言い残したかのように散っていくのか、という。

「久方の」は「ひかり」の枕詞《まくらことば》。「久方」という文字からも感じられるように「永久《とこしえ》の方から」を意味するのが分かる。昔の人は、光は、ぼくたちが世界と呼ぶのとは別な、もう一つの世界からやってくると感じた。世界は、人間の肉眼に映る「現象界」だけではないことを体感していた。

「しづ心」は「静心」とも書く。さくらは、言葉を語らない。だが、語るべきことが存在しないわけではない。語れないだけだ。この歌人は、語りたいが語れないさくらのこころを感じ取っている。

日本人は、さくらを愛する。それは、単に美しい植物という理由からだけではない。この友則の歌もそうだが、ここでのさくらは、亡き者たちの象徴でもある。肉体が無くなっても、姿を変えて存在し続ける「生きている死者」たちだ。そう思って和歌を読む。君もきっともう一つの世界をおぼろげに感じ始めると思う。

歌を詠むという営みは、もともと亡き者たちに言葉を贈ろうとする挽歌《ばんか》から始まった。むしろ、悲しみのあまり言葉にならないおもいが歌を生んだ、というほうがよいのかもしれない。

ぼくたち生者は、この世界をあまりに生者の理屈によって動かし過ぎているように感じることがある。もし、生ける者が亡き者たちと共にあるなら、彼らとの言葉を超えた、コトバというはたらきによる対話を忘れてはならないのではないだろうか。

哲学者の**井筒俊彦**《いづつとしひこ》（一九一四〜一九九三）は、「コトバ」と書くことで、文字や声に留《とど》まらない意味のあらわれを意味しようとした。これからも君に「コトバ」と書くとき、そこには言葉に留《とど》まらない意味のはたらきがあると思ってほしい。事実、ぼくたちは絵を見るとき、色という「コトバ」によって色んな意味を感じている。

世界には、無数の「コトバ」がある。でも、ぼくたちはときに言葉しか存在しないかのように考えたり、話したりすることがある。こういってもいい。言葉は意味の一角しか伝えていない。

言葉を書くのは「おもい」を表現するためで、記された言葉を読むのは「おもい」を受けとめるため、こう考えることができる。でも、「おもい」とはいったいなんだろう。ぼくたちは自分が何を「おもって」いるのか、ほんとうによく理解しているのだろうか。「おもい」とひらがなで書いた。今度はこの文字を漢字にしてみる。すると「おもい」と一言でいっても、異なる「おもい」があることに気が付く。これまで人はさまざまな文字を「おもう」と読んできた。

思う（思考――頭で考える）
意う（注意――意思、あるいは意志をもって感じる）
憶う（記憶――過去を今によみがえらせる）
想う（想像――見えないものを感じる）
忖う（忖度《そんたく》――相手の心を推し量る）
懐う（懐古――懐かしむ）
顧う（回顧――過去を顧みる）
恋う（恋愛――何かを恋する）
惟う（思惟《しい》――人間を超えた存在をおもう）

念う（祈念――言葉にならないおもいを宿す）

君が持っている辞書に載っていないものもあるかもしれない。でも、これらはみんな「おもう」という言葉だ。それぞれがどんなことを意味しているのかは、括弧のなかの熟語を読めばいっそうよく分かる。

ここに挙げた十の「おもい」は、ばらばらに存在しているのではない。いつも分かちがたく一つの「おもい」としてぼくたちのこころのなかにある。

それぞれの「おもい」を別な色だと考えると感じやすいかもしれない。色合いに差はあっても、誰の心中にも「思い」だけでなく、「恋い」も「念い」もある。でも、あまりに日常に忙殺されていると、「念い」の存在には気が付けない。

もう君は、「おもいを言葉にする」とは、いえない。でも、そもそも「おもい」は、記号としての言葉という器を超えているのではないだろうか。

でも、「おもい」はいつも何らかの器を求めてくる。記号としての言葉からあふれでるもの、それらをすべて引き受けるのが意味としてのコトバだ。

詩人や歌人たちは、このコトバのはたらきに気が付き、詩や歌を世に送り出している。目に映る文字は、目には見えない意味の世界への扉に過ぎない。

真に「読む」という行為が実現するとき、ぼくたちは言葉という舟に乗ってコトバの世界へと旅をすることになる。

言葉ではけっして読むことができない文章に出会うこと、それが読書のもっとも豊かな、そしてもっとも大切な経験かもしれない。

君は、**石牟《いしむ》礼《れ》道子《みちこ》**（一九二七〜二〇一八）という名前を聞いたことがあるだろうか。作家でも詩人でもあった。彼女の作品としては、水俣《みなまた》病の患者とその家族の嘆きと叫びを言葉にした**『苦海浄土　わが水俣病』**が、もっともよく知られている。

水俣病は、いわゆる「病」ではない。そもそも「水俣病」という表現自体が、この出来事の真実を隠蔽《いんぺい》しているともいえる。「水俣病」は、明らかな人災だからだ。

チッソという会社が、十年をはるかに超える歳月、有害であることを知りつつ、有機水銀を含んだ工場排水の放出を続け、それが海に流れ込み、そこに生きている生き物、魚や海老《えび》、蟹《かに》などに蓄積され、それを日常的に――それも多く――食していた漁民たちの身体を蝕《むしば》んだ。

水俣病は、神経を侵す。身体の自由が奪われるだけでなく、語ることのできなくなった人も少なくなかった。これまでいったい何人の人が水俣病に巻き込まれたのかは、今でも分からない。国が認めたのは二千数百人だが、この数字は、事実とは大きくかけ離れていて、現状を理解する上では何の役にも立たない。

訴訟が起こっても、国や企業は、被害者の数をなるべく少なくしようとする。そこに民衆と企業、地方自治体、国との終わりのない「たたかい」が始まった。

終わりがない、というのは、いっさいの解決を拒む、ということではない。何も語らないで亡くなった人がいる以上、残されたぼくたちは、それをどんな形であれ「終わり」にすることは許されていない。

ここでいう「たたかい」というのは、必ずしも衝突を意味しない。二度と同じ過ちを犯すまいとする人間の欲望との「たたかい」にほかならない。

ある時期、科学の進歩、そして経済の発展に重きを置いた日本は、「いのち」の意味を見失った。「いのち」の重み、「いのち」の手応《てごた》え、「いのち」の交わりが、ぼくたちの日常生活を根底から支えていることを忘れた。

チッソが、猛毒だと分かっていて、有機水銀を海に続く川に排出したのは、その先に経済的な利益があったからで、それを実行した人々にとっては、自社の利益は、ある人々の「いのち」に勝るものとして認識された。

『苦海浄土』には、こうした近代の闇、人間の愚かさ、そして、苦しむ者の嘆きがありありと描き出されている。だが、もし、この作品が糾弾の文学に終わるものだとしたら、ここまで長く読み継がれることはなかったかもしれない。

それでもなお人々が、直視するのがためらわれるほどの悲惨な現実を受け止めながら、この本を読むのは、身体の自由を奪われた人々が発する無言のコトバに打たれるからだ。そこには、容易に言語化されることを拒むような「いのち」の訴えがある。

この本を、はじめて手にしたのは十六歳のときだった。でも、一応、読み終えることができたのは四十三歳のときだった。「一応」と書いたのは、それはどうにかページをめくり終えたというだけで、ほんとうの意味でこの本を「読み終える」ことはないように思うからだ。読むたびにこの作品が開いてくれる「意味」の世界はどんどん深く、広くなっていく。

分かったことよりも、分かり得ないことの方が鮮明になっていく。でも、分からない、そう感じるたびに、ここに刻まれた言葉は、ぼくの心に強く寄り添うようにも感じられる。

彼女に「いまわの花」と題するエッセイがある。さくらの花と水俣病患者をめぐる一文だ。

そこには次のような一節がある。


……桜の時期になると、いつもそれを語らずにはいなかった母親も、娘と同じ病いで、去年の夏に死亡した。まだ原因も究明されぬ時期にみまかった娘は、八つばかりであった。村中の異変と、娘の病状に放心している母親の耳に、まわらなくなってしまった口でいう娘の声が、ふととどいた。

極端な「構語障害」のため、ききとりにくかったが、母親だけにききとれる言い方で、その子は縁側にいざり出て、首をもたげ、唇を動かした。

なあ　かかしゃん
かかしゃん
しゃくらのはなの　咲いとるよう
美《いつく》しさよ　なあ
なあ　しゃくらのはなの
いつくしさよう
なあ　かかしゃん
しゃくらの　はなの

（『花をたてまつる』石牟礼道子）

この女の子は、溝口《みぞぐち》とよ子《こ》という。「なあ　かかしゃん」にはじまる、ここに八行で記された、さくらをめぐる、これほど荘厳な詩をぼくはほかに知らない。このとき、八歳だったとよ子は、おそらく詩を書いたことなどなかった。だが、石牟礼は、彼女のなかに永遠の詩人の誕生を見過ごさない。

今、ぼくたちが目にしているのは、石牟礼道子の文章だが、彼女自身の言葉というより、彼女に託された言葉だ。誰も詩を生み出したなどと感じていないところに生まれた、けっして朽ちることのない詩情だ。

書く人に託されているのは、誰も書かないような言葉を書き記すことだけではない。多くの人が見過ごして顧みない日常のなかに、意味の宝珠《ほうじゅ》を見つけることでもある。

今では二十世紀の日本を代表する文学者として知られる石牟礼道子は、この作品を書いたときは、家庭を持つ一介の主婦だった。高い学歴があるわけでもない。ただ、言葉への愛着と、美しいまでの文学へのあこがれがあった。彼女は、柳宗悦が民藝を愛したように、民衆の言葉を愛した。愛しただけでなく、そこにこそ真実と情愛への扉があることを疑わなかった。

同じエッセイで彼女は、とよ子の母親の言葉も書き記している。

――桜の時期になっとったばいなあ、世の中は春じゃったばいなあ、ち思いました。思いましたが、春がちゃんと見えたわけでもなかですもん。それでも、とよ子がさす指の先に、桜の咲いとりまして、ああほんに、美《いつく》しさようち、思いよりましたがなあ。わたしはあの頃、どこにおりましたっでしょか。どうも、この世ではなかったごたるですよ。ここはどこじゃろうかち、思いよりましたです。人の居らすとは、見えとるですけど、人心地は無かってですもんね。

（前掲書）

愛する者が耐えがたいほどの困難にあるとき、共に生きる者も筆舌に尽くしがたい茨《いばら》の道を歩くことになる。娘が、十分に話すことができない口で、さくらが美しいという。その声を聞いて、自分も救われた。やっと現実の世界に戻ってくることができた。目は世界を認識し、どうにか生活もしている。しかし、たましいは、耐えがたい現実を前に「この世ではな」いどこかに迷いこんでしまっていた、という。

ここで石牟礼を通じてぼくたちに届けられた言葉は、自らの運命との「たたかい」から逃れようとしない者だけが、語り得る叡知《えいち》の結晶だ。それは、歴史に名前を残している哲学者や宗教者の告白と何ら変わらない意味と価値を持つ。

勉強をすれば、書物に書き記された文字を受け止めることはできるようになる。でも、こうした言葉は、知の力だけでは受け止め切れない。誰かを愛するということは、その人の困難をわがこととして生きる決意をすることにほかならない。そうした試練は、あるとき、熾烈《しれつ》なまでの姿をしてぼくたちの前に現われる事実を、先の一節は教えてくれる。

母親の名前は溝口まさねという。後年、この母親も同じく水俣病で亡くなったと石牟礼は書いている。石牟礼は、さらに母親の言葉を続ける。


あん時死なせずに、よっぽどよかったですよ。桜の花見て死んで。

人のせぬ病気に摑《つか》まえられて、苦しんで死んで。その苦しみようは、人間のかわり、人さま方のかわりでした。それで美しか桜ば見て死んで。

親に教えてくれましてなあ、口も利けんようになっとって。さくらと言えずに、しゃくら、しゃくらちゅうて、曲った指で。

美しか、おひなさんのごたる指しとりましたて、曲ってしもて。

その指で桜ばさしてみせて。

親は癒《なお》してやれませんでしたて。ありゃきっと、よか仏さんになりましたろなあ、きっと。よかところにきっと往たとると、親は思いたかですよ。人間のかわりに、人さま方のかわりになって往きましたですもん。


（前掲書）

「あん時」とは、母親が、とよ子を背負いながら、雪の降る日、山道を歩いていたとき、とよ子に発作が起こって体勢が崩れて、ひどく転び落ちたことを指している。

雪で道は、ぬかるんでいた。子どもを背にしたまま、山道を逸《そ》れて、下方の畠《はたけ》にまで転落した。落ちた勢いがあまりに強く、子どもの命はないと母親は思う。すると「があちゃんごめん、があちゃんごめん」と娘の声がしたと母親はいう。

どうして、とよ子がこれほど過酷な日々を生きなくてはならないのか、誰にこれを訴えればいいのか。誰に説明を求めればいいのか。行き場のない嘆きに母親もつぶされそうになる。しかし、その彼女を救ったのが、曲った指で指しながら、「しゃくら、しゃくらちゅうて」喜ぶ娘の声だった。

絶望の底にあるような人間を救うコトバ、それを宿すほどの美を、とよ子は確かに経験した。それはかけがえのない出来事ではなかったか、と母親は感じている。

君は「人間のかわりに、人さま方のかわりになって往きました」という言葉をどう受け止めるだろう。とよ子もその母親も、ぼくたちの「かわり」に苦しんでいるかもしれないんだ。母親は恩を着せようとしているわけでなく、そうとしか思えない何かを感じる。人間とは、痛みや苦しみを分かち合いながら生きている、と母親は感じている。

もし、そうだとしたら、ぼくたちは未知なる人々にもっと感謝しなくてはいけなくなる。未知なる人々のために祈らなくてはならないのかもしれない。

君は、どう感じるだろう。

世の中は言葉であふれている。言葉が多すぎるようにも感じる。でも、どうだろう。今読んだような、思いの奥にある祈りのような念《おも》いをぼくたちは、どれくらい受け止められているだろう。人は、誰もがほんとうのことを語らないまま生きていることをどれだけ真剣に受け止めているだろう。

けれどもわたしは語らない。
わたしのつぶやきは聞こえない。
わたしはあついなみだを流す。
なみだはわたしをなぐさめる。
かなしみにみちた心は
にがいなみだの喜びを知る。

（「願い」『プーシキン詩集』金子幸彦訳）

十九世紀のロシアに生きたプーシキン（一七九九〜一八三七）という詩人の「願い」と題する詩の一節だ。ここで「あついなみだ」と記されているのは、目に見える涙ではない。こころを流れる見えない涙だ。

傷のありかが分かれば手当てもできる。からだの痛みは、少し休めという合図になる。ぼくたちは、からだの声には従うのに、こころの痛みにはあまり気を配らない。こころを涙が流れていても、たとえ血が流れていても、人は歩きつづけることがある。

他者の悲しみを受け止めるのは簡単ではない。でも、ぼくたちはまず、自分の悲しみをしっかり受け止めるところから始めなくてはならないのかもしれない。君のこころにも見えない涙が流れたことはないだろうか。今も流れてはいないだろうか。

先日、大学の構内を歩いていたら、さくらの花が咲いていました。さくらは、暖かさを蓄積するようにして開花するという話をきいたことがあります。小さな熱を少しずつでも蓄えていく。それは、人間の人生も同じかもしれない。君に詩を贈ります。

花が
咲いている

今日が
あたたかいから
咲いたのではない

寒かった日々
人間たちが
肩をすぼめ
下を向いて
歩いていたときも

樹々は
しずかに
わずかな
あたたかみを
たくわえていたのだ

花が　咲く

誰も
気がつかないうちに
わたしの
こころにある
嘆きの森のなかでも

音もなく　しずかに

ぼくがはじめて詩を書いたのは大厄を越えてからだった。どうしてもっと早く詩を書き始めなかったかと、今では後悔している。君にも言葉にならない「おもい」があるだろう。それが何であるかを確かめるのには、詩を書くのがいい。むしろ、そのはたらきのために詩は、今日《こんにち》まで生き続けた。そのことについては、次回の手紙で。

いちばん大切な仕事を忘れないように。大切な人の身を護《まも》るように自分のこころを愛《いつく》しむこと。悲しみを深めながら、でも、元気でいてください。
今日は、これでペンを擱《お》きます。

言葉の花束

大切な人に花を贈る。君にもそんな経験があるだろうか。もしあるなら、君は、何のために花を贈ろうとしたのだろう。

花を贈るとき、君は植物としての花をその人に渡すだけなのだろうか。あるいは、花にのせて、自分の気持ちを相手に伝えようとしているのだろうか。

人は、愛する者に花を贈ることによって、自らの内に潜む獣性《じゅうせい》を、何か別なものに変容させた、と書いた思想家がいる。その人物は「花を観賞することはどうも恋愛の詩と時を同じくして起こっているようである」と書き、こう続けている。

原始時代の人はその恋人に初めて花輪をささげると、それによって獣性を脱した。彼はこうして、粗野な自然の必要を超越して人間らしくなった。彼が不必要な物の微妙な用途を認めた時、彼は芸術の国に入ったのである。

ここでの「獣性」とはいったい、何をさすのだろう。またある人は、人間が怒りに駆られるとき、獣以上に残忍になるといった。獣は、生きて行くのに必要な食糧を得ようとするが、人間のように利害によって他者を傷つけるようなことは、ほとんどない。だが、人間は獣でも及ばないほど残忍になることがある、というのだ。

獣性、それは獣になるというより、人間の美徳を手放すことではないだろうか。自分以外の人間に起こったことをわがことのように感じるはたらきを、仏教では「慈悲」あるいは「大悲《だいひ》」といい、キリスト教では「愛」、さらには「悲愛」と呼んだ。自分以外の人に花を贈る。贈りたいと願うおもいは、ぼくたちのこころにある情愛の扉を開けたと、先の一節を書いた人物はいうのだろう。

この人物の名前は、**岡倉天心《おかくらてんしん》**（一八六二～一九一三）という。言葉は、彼の代表作**『茶の本』**（村岡博訳）にある。

原著者が日本人なのに、どうして訳者がいるのか不思議に思ったかもしれない。彼は三冊の本を残しているが、すべて英語で書いている。彼は、日本の文化を世界に向けて語ろうとしたんだ。別の言い方をすれば、その必要があったともいえる。ある時期、世界は日本を一面的にしか見ていなかった。それが、どんな一面だったかは、あとでふれる。

天心は、近代日本屈指の思想家だ。また、今日の東京藝術大学（当時、東京美術学校）の実質的な創始者で、若くして校長を務めた人物でもあった。天心自身はほとんど絵を画《えが》かず、彫刻もしない。しかし、彼の門下からは横山大観《よこやまたいかん》、菱田春草《ひしだしゆんそう》、下村観山《しもむらかんざん》といった画家や、新納忠之介《にいろちゆうのすけ》といった優れた彫刻家が巣立っていった。その思想が、弟子たちに流れ込み、彼らの手を動かし、近代日本の芸術の在り方を決定した。

天心が生涯を賭《と》して試みたのは「美」の復活だったといっていい。何かが「復活」しなくてはならない、という言葉が叫ばれるということは、それがひとたび「死んだ」ことを暗示している。明治時代、日本画も仏像をはじめとした仏教美術の伝統も、ほとんど絶えようとしていた。東京美術学校は、それらを新生させるための拠点だった。

天心の言葉にある「花」は、さくらやバラといった植物だけを指すのではなく、目に見えないもう一つの「花」をも意味している。

「秘すれば花」（『**風姿花伝**』）、という言葉がある。あることを隠せば、そこに朽ちることのない光が宿る、という。そう記したのは、能を大成した**世阿弥**《ぜあみ》（一三六三頃〜一四四三頃）だ。天心が記した「花」にも目に映る「花」だけでなく、目にはけっして映らない、もう一つの「花」も含意されている。それは美の化身にほかならない。

『茶の本』が出版されたのは一九〇六年、二年前に日露《にちろ》戦争が起こっていることが象徴しているように、日本は驚異的な近代化（すなわち西洋化）を実現し、戦争でも連勝が続いていた。

そんなとき彼は、古くから日本文化を流れるのは、戦いの精神ではなく、むしろ和平の精神であることを「花」や「茶」を愛する姿を通じて描き出そうとした。『茶の本』は、茶の歴史と哲学を土台にした、美のちからによる非戦論でもある。

一八九四年の日清《にっしん》戦争以来、当時、日本は「東洋」の国と戦争をしていた。日本こそ「東洋」の中心になるべきだと考えた人たちがいたからだ。天心の考えは違う。彼は、いつも日本を「東洋」の内なる国だと考えていた。彼のいう「東洋」にはいろんな国がある。中国、韓国はもちろん、インド、あるいはベトナム、マレーシアのようなところも含む。信じる宗教も文化も違う。しかし、その底には、何か特定の基準に「一致」させるのではなく、差異のなかに「共鳴」や「共振」を感じるという精神性が流れているといった。

近代人は、いつからか「一致」を求めるようになった。力をもった国や企業は、自分たちの考えに他者を「一致」させることにエネルギーを注ぐ。だが、美のちからを真に知る者たちは、「一致」ではなく「共鳴」や「共振」をそこに生もうとする。

違ったもの同士は、違ったままで響きあう。異なる音の持続するところにこそ音楽が生まれるように、異なる価値観、異なる世界観が向き合うからこそ、そこに創造的なことが起こる。世界に一音しかなかったら、音楽は生まれない。世界に一つの言語しかなければ、人間はこの世の不思議をほとんど知ることはできなかっただろう。

愛は、ありのままの存在を受容するはたらきだ。変わることを求めるのではなく、まず、そこに在るものの固有の意味を見出《みいだ》す洞察のちからだ。愛は、比較しない。愛の眼は、眼前にいる者が、世にただ一つのものであることを看破《かんぱ》する。真に美しいものが存在するところには必ず調和がある。融和がある。相容《あいい》れないもの同士であっても、そこに和音を奏でられるような響きあいがある。

もし、戦争が始まったら、君はわが身をなげうってでも愛する人を守ろうとするだろう。あるいは、君はわが身を賭して、戦争が起こらないようにするために何かができるかもしれない。そのために人間は「美」を、いつくしむ心をよみがえらせなくてはならない、と天心は考えた。美と非戦は関係がない、と君は思うかもしれない。でも、ほんとうにそうだろうか。

君は、愛する人が、その人のままでいることを願うんじゃないだろうか。自分の気に入るようにその人を変えようとするのではなく、その人が、その人の幸せを見つけるのを手助けしたいと思うのではないだろうか。

もう君は、愛と戦争は関係がない、などとは言わないだろう。愛が枯渇《こかつ》したところに戦争が始まることに気が付いているはずだ。
君が愛する人に花を贈りたいと願うように、戦争をしている国にも愛し合う人はいる。小さな幸せの種子を二人でゆっくり育て上げることだけを願って生きている人たちがいる。戦争は、無差別にこうしたささやかな幸せを、情愛の交わりを打ち砕く。

ぼくたちは、他者の目に映るところで「生活」を営む。それと同時に他の人の目には見えないところで、「人生」という道を歩いている。

「生活」するためには花は必ずしも必要ない。花がない部屋でも人は生きて行ける。しかし、「人生」は違う。「花」は、人生の伴侶《はんりょ》を見つけるためになくてはならない、と天心はいう。「喜びにも悲しみにも、花はわれらの不断の友である」と書き、彼はこう言葉を継いだ。

花とともに飲み、共に食らい、共に歌い、共に踊り、共に戯れる。花を飾って結婚の式をあげ、花をもって命名の式を行なう。花がなくては死んでも行けぬ。百合《ゆり》の花をもって礼拝し、蓮《はす》の花をもって冥想《めいそう》に入り、ばらや菊花をつけ、戦列を作って突撃した。さらに花言葉で話そうとまで企てた。花なくてどうして生きて行かれよう。花を奪われた世界を考えてみても恐ろしい。病める人の枕《まくら》べに非常な慰安をもたらし、疲れた人々の闇の世界に喜悦の光をもたらすものではないか。その澄みきった淡い色は、ちょうど美しい子供をしみじみながめていると失われた希望が思い起こされるように、失われようとしている宇宙に対する信念を回復してくれる。われらが土に葬られる時、われらの墓辺を、悲しみに沈んで低徊《ていかい》するものは花である。

（『茶の本』岡倉天心／村岡博訳）

「花」は、喜びのときだけでなく、悲しみの底にあるぼくたちにも寄り添ってくれる。そして「花」を眺めているだけで、人間は、宇宙への信頼を深めることができる。

ここでの「宇宙」は、ロケットが飛んでいく「宇宙空間」のことではない。天心がこれを書いた頃、ロケットという発想はまだ、ない。天心が「宇宙」というとき、それは空の彼方《かなた》を指すだけでなく、ぼくたちの内なる宇宙も含んでいる。

だから、先のような文章を読み、「花」という言葉に、植物だけを想うのはもったいない。ぼくたちは、目には見えない、内界に咲く「花」を想い出していい。「花」は、山の奥にある森にも咲くが、ぼくたちの内なる世界の「森」にも咲いている。

それは目には見えないから、その存在を感じようとするときは、ぼくたちはひとたび目を閉じなくてはならない。目をつむって、その花にふれ、それを大切なだれかに贈ろうとするとき、君たちのなかで内なる詩人が目を覚ます。

大地から花を摘むように、内なる場所から言葉を見出し、言葉の花束を贈ることができる。肉眼では捉《とら》えられず、手でさわることのできない「花束」、けっして朽ちることのない、世にただ一つの「花束」を君は、君自身よりも大切な人に捧《ささ》げることができる。


詩歌という言葉があるように「詩」も「歌」も詩情の表現であることには変わりがない。もともと詩歌というときの「詩」は漢詩を指している。「歌」は『万葉集』や『古今和歌集』にある和歌のことだけれど、「詩」が現代詩となっても、そこに深いつながりがあるのは変わらない。だから、歌の歴史は、そのまま詩の歴史だといっていい。

和歌は、挽歌《ばんか》に始まる。生者が、亡き者に言葉にならないおもいを伝えようとしたところに歌が生まれた。日本だけではない。他の国や地域でも、亡き者たちとつながろうという、ほとんど不可能な悲願を込めた言葉が、詩の土壌を作ってきた。詩のあるところには挽歌や悲歌《ひか》、あるいは哀歌《あいか》がある。

挽歌は悲歌ともいうように「かなしみ」の歌だ。和歌は、かなしみという心情が言葉に結晶したものだった。挽歌は、言葉にならない呻《うめ》きから始まった。嘆きと呻きは違う。嘆くときぼくたちは声を出すことができる。だが、呻くとき、人は声を失うこともある。歌は、言葉どころか、声にもならない「おもい」を亡き者に届けようとした人間の苦闘の道行きの向こうに生まれた。

古《いにしえ》の人たちは、現代に生きるぼくたちよりもずっと深く、強い関係を言葉とのあいだに築いていた。文字を読める人は少なかった。でも、言葉とは何かを全身で感じながら生きていた。あるとき彼らは、言葉には、生者の世界と死者の世界をつなぐはたらきがあることに気が付く。

古人にとって死とは、この世を後にして根源の国へと還《かえ》ることにほかならなかった。『古事記』では、その場所を「常世《とこよ》の国」と呼んだ。

常世の国には「ときじくのかぐの木の実」という秘薬がある。垂仁《すいにん》天皇が病に臥《ふ》したとき、多遅摩毛理《たじまもり》という人物が、この木の実を探しに常世の国にいった、と『古事記』には記されている。古人には、この世界と常世の国とはいわば地続きだった。そうした精神的伝統が、現代で根絶やしになったわけではない。ある人にとって常世の国は、今もありありと存在する。

ときじくの
かぐの木の実の花の香り立つ

わがふるさとの
春と夏とのあいだに
もうひとつの季節がある

先日の手紙でふれた石牟礼道子が、自伝的作品である『椿の海の記』の冒頭に記している五行の詩だ。彼女はこの言葉に「死民たちの春」という題を付している。

いのちの果実といえるような「かぐの木の実」、その樹に咲く「花」の香り、それは「いのち」の香りだといってもよいのではないだろうか。

肉体は「生命」と結びついている。肉体がその役割を終えれば「生命」現象は見られない。だが、肉体がなくなっても「いのち」は終わらないかもしれない。むしろ、死とは、「生命」の国から「いのち」の国へと新生することなのではないだろうか。

石牟礼道子は、亡き者たちを身近に感じながら生きていた。春と夏のあいだ、命名しようもない時節、「いのち」の国から風が吹きよせることがある。そして、その風は、この世界は、生者が感覚する目に見えるものだけではないことを、静かに教えてくれる、というんだ。

彼女も詩を書いた。詩は彼女にとって自分のおもいを表現する場であるよりも、誰かのおもいを受けとめる場だった。「死民《しみん》たちの春」を感じている人は多くいる。でも、そのおもいを「死民たちの春」という言葉で包み込める人がすべてではない。『万葉集』の時代から歌人は、人々の心中にあって、言葉にならないものを受けとめてきた。文字を書けない人のために歌を詠むこと、それが歌人たちの仕事でもあった。

君は、詩を書いたことがあるだろうか。詩を書きたくなったことがあるだろうか、とたずねるほうがいいのかもしれない。詩を書く動機はじつにさまざまで、けっして一様ではない。そもそも「動機」などというものいかめしい理由など必要ないともいえる。空腹感を覚えたから食事を摂《と》った、というように、少し心にすきま風が吹いたから詩を書いた、という人も少なくない。

書くという行為は、料理に似ている。言葉という食物を書くことで「料理」にし、それを食べる。ほかの人のために作ることもできるが、ぼくたちは、まず自分のために作らなくてはならない。

あるときから、ぼくは心の渇きと痛みを少しでもやわらげるために詩を書くようになった。誰かに読んでもらうためにではない。心に育つ「言の葉」という薬草を摘み、それを摂りいれなくてはならなかったからだ。

三十歳から薬草商にたずさわってきた。一つの薬草と出会うために、国内外さまざまな場所にも行った。つきあいからいえば、詩を書くことよりも薬草のほうがずっと長い。

あるときまで植物は眺めるものだったが、人生を変えるような試練の出来事があり、植物は、身に摂りいれるものになり、人生の同伴者になった。

この世の生は、もう一つの世界へ行くための「学校」だといった高僧がいるが、生きるという授業はなかなか厳しい。ある耐えがたい出来事をきっかけに、病んだからだが薬草を必要とするように、言葉を摂りいれなくては生き続けられない状況になったところで、詩に出会った。出会い直した、といったほうがよいのかもしれない。気が付かないだけで、詩はいつもかたわらにいてくれたことが、今でははっきりと分かる。

あるときまで自分が詩を書き、詩集を世に送り出すなどとは思いもしなかった。だが、今、ぼくは詩を書き、詩を読むことで明日を生きるちからを蓄えている。

詩のはたらき——植物に近づけていえば詩の効用——の一つには、書くことによって、それまでかいま見ることのできなかった自らのこころのありようが分かってくる、ということがある。

傷のありかが分かれば手当てもできる。からだの痛みは、少し休めという合図だ。これには従うのに、ぼくたちはこころの痛みにはあまり気を配らない。こころに涙が流れていても、たとえ血が流れていても、人は歩きつづけることがある。

詩を読むことで、こころが癒《いや》されることがある。だが、詩を書くことは、消えそうだったこころの炎にふたたび息を吹き込むことになる。

批評家の**小林秀雄**《こばやしひでお》（一九〇二～一九八三）が、一つの言葉との邂逅《かいこう》も人生上の「事件」である、と述べているがほんとうだ。一つの言葉との出会い、それは人生を変えるに足る出来事にもなり得る。それは、ようやく巡りあった念願の友を得るに等しい出来事なんだ。出会わなくてはならない言葉は、けっして難解なものではない。むしろ、じつに平易な場合が多い。

多くの人は――かつてのぼくがそうだったように、その一語を誰かの詩集に見つけなくてはならない、と感じているかもしれない。そうした道行きもある。でも、人は、ずっと探していた言葉を自分の手で書くこともできる。さらにいえば、今は、自分で書く方がずっと多いように感じている。

生きた詩を書きたいのであれば、「詩」を書こうとしないことだ。詩には、けっして決まりは多くない。だが、ほんとうに詩を書きたいと思うなら、誰かの真似をするのをやめなくてはならない。自分でも、容易に語ることのできない心持ちを、なるべく素朴に言葉という器に移し替える。そのとき、ほんとうの詩が生まれる。

ある人の眼には、ほとんど違いが分からない詩を幾つ書いてもかまわない。「同じ」ことを何度書いてもまったく問題はない。だが、ほかの誰かに似せようとしてはいけない。世界に同じ心は存在しない。これまでも存在したことはなかった。詩は、世にただ一つの心から、ただ一つのものとして生まれる。

同じ主題を繰り返し書くことを拒んでもいけない。同じ柄でも、それが手づくりの器であれば、微妙に違いがあり、それ一個の味わいがあるように、詩にもそれぞれの味わいがある。文字は、見た目には同じでも、その意味においてはまったく異なるからだ。

せんせい私に教えてください
私に一体何ができるのでしょう

美しいものがつくれるのでしょうか
正しいことができるのでしょうか
ほんとうのものがわかるのでしょうか

私にも詩が　書けるのでしょうか

せんせい　どうぞ教えてください

（「せんせい私に教えてください」『白い木馬』ブッシュ孝子）

この詩を書いたブッシュ孝子《たかこ》は、ひと月でおよそ八十篇の詩を書きながらも、詩集を出さず、二十八歳で病にたおれた。没後、恩師でもあった周郷博《すごうひろし》によって『白い木馬』と題する詩集が編まれ、世に送り出された。その一冊からは、今も言葉の火が音を立ててほとばしっている。

「私に一体何ができるのでしょう」という一節では、病を治療するほか、何もできなくなった自分にはペンを握ってなれない詩を書くことしかできない、でも、そんな自分にも詩は書けるのでしょうか、と恩師に尋ねるのである。

この詩人は、詩は「美」と「正義」の化身であることをほとんど本能的に感じ取っている。もし、わが身を通じて、一度でも「美」と「正義」を表現することができたら、ぼくたちの人生は、どれほど尊いものになるだろう。彼女は、それを実現した。嘆きの言葉をそのままつむぐことで、詩のはたらき、詩のちからを後世の人間であるぼくたちに教えてくれた。

振り返ってみると、ぼくはブッシュ孝子の詩に救われたのかもしれない。浮き輪ももたずに運命によって放り出されたぼくの前に彼女の詩は、頑丈な筏《いかだ》のような姿をして顕《あら》われた。彼女の詩を読んでいなければ、ぼくは確かに違った人生を歩いていたと思う。

でも、そうしたちからが、自分の詩に宿っていることを、この詩人は知らない。悲痛の底にあった一人の男をすくいあげるほどのはたらきが、そこから発せられているのを知らず、自分は詩を書けるのだろうかと悩んでいる。

なんと素晴らしいことだろう。まったく意識しないところで、人は言葉を通じて、人生の断崖《だんがい》にある者に手を差し伸べることもできるんだ。

詩は植物に似て、さまざまな姿をして、ぼくたちの前に現われる。同じ詩でも、ある人にとっては、種のように黒く小さな塊でしかない。でも別な、ある人にとっては、生命を象徴するような緑の葉を茂らせたものに見え、また、ある人には心を奪われる花のように感じられる。

それに出会う人生の時期によって変わってくることもある。初めて読んだときには、ことさら何も感じなかった詩を、数年後に読んで、人生が変わることだってある。

でも、不思議なことに、詩を書いている人は、自分の言葉がどれほどのちからを宿しているかを知らないことが多い。ただ、そこに注がれた、生きることへの真摯《しんし》なまなざしは、その人が、この世をあとにしてもなお、見えない姿で残り続ける。
まだ若い君は、自分の生涯の終わりをめぐって考えることもあまり多くないかもしれない。でも、君も「いつか」、というよりも、「必ず」この世での生を終えなくてはならない。

もし、君が、この世に何かを遺《のこ》していきたいと願っているなら、言葉を遺すこともできる。何も遺さなくてもいい、と思うだろうか。君はそれでもいいかもしれない。でも、君の後に生まれる人には、この試練の多い人生という森には、いくつかの目印が、あってもよいのではないだろうか。そして、暗い道にいくつかは、詩という消えることのない灯《ともしび》があった方がいい。

彼女の詩集が世に出ると、あたかも宛名が記された手紙のようにある人々のもとへ届く。その一人が神谷美恵子《かみやみえこ》であり、もう一人が河合隼雄《かわいはやお》だった。ともに現代日本における「こころ」をめぐる思想で、革命的といってよい仕事をした人物だ。この二人をめぐっては次の手紙で。

季節の変わり目は、いつも体調を崩しやすいものです。くれぐれもからだを大切にしてください。これほど大切な仕事はないのですが、ぼくたちは、世間の営みに惑わされ、忘れてしまいがちなのです。

悲しみの弦

君は、世界がよい方向に向かっていると感じているだろうか。「世界」というとあまりに大きく感じられるなら、この国、あるいは自分の身の回りを考えてみてもいい。

近年、先進国と呼ばれる国々は著しく「右傾《うけい》化」している。右傾化という言葉はあまり聞いたことがないかもしれない。それは開かれていくのではなく、閉じていこうとすること、可能な限り他と共にあろうとするよりも、不要だと考える他者を排斥することにもつながる現象のことだ。

一九四五年に第二次世界大戦が終わった。日本はアメリカをはじめとする連合国に負けた。それ以来、日本で戦争は起こっていない。でも、その間も世界では、このおよそ七十五年のあいだ、常にどこかで戦争が行われている。

戦争をめぐっては別の機会に書きたい。今は、戦争が不可避的に生む「難民」と呼ばれる人たちのことを君と考えてみたいと思う。

昨日までは平穏な暮らしをしていた一家が、どこからともなくやってくるミサイルによって、街を、家を、そして愛する者たちとの関係を破壊される。そうした人たちは今も生まれ続けている。彼、彼女らは、暮らす場所もなく、国を追われる。そうした人たちを「難民」と呼ぶ。

もちろん、「難民」になる原因は戦争だけではない。圧政や偏見による差別などもその大きな要因になる。でも、極端な圧政は、市民たちにとってはおよそ内戦に等しいものであることは知っておいてよいと思う。

十二歳のころ、ぼくの郷里にベトナムからの「難民」がやってきた。原因となったのは、アメリカとソ連がベトナムでその覇権を争ったベトナム戦争で、それは資本主義社会と共産主義社会の戦争でもあった。年表の上では、一九七五年にこの戦争は「終わった」とされているけれど、その影響――それも極めて深刻な影響――はその後も続いた。

「難民」になった彼はぼくよりも二歳くらい年齢が上だった。キリスト教徒だったこともあって、家の近くの教会で暮らしていた。

当時は「難民」の意味も分からず、戦争で家が奪われる、ということが何を意味するのかもよくは分かっていなかった。ときおり、彼が何かにおびえるような表情をしていたのをはっきり覚えている。

彼とほんとうに深く交わったのは母だった。今でも彼は、ぼくの母を「お母さん」と呼んでいる。いっぽう、ぼくは、彼の痛みを充分に感じることができなかった。もっというと、痛みを感じられていない自分をよく認識できていなかった。愛する家族、愛する国、愛する郷里を奪われた人の心を理解することができなかった。

それはぼくが、ほんとうに愛することを知らず、さらにそれを奪われるという経験がなかったからだと思う。愛することを知らない者は、悲しみの深みを知らない。

当時のぼくにも「苦しみ」はあった。苦しいと感じることはあった。でも、今から考えると、心の深いところで悲しみを生きたことはなかったのかもしれない、とも思う。

長い年月をかけてなんらかの方法と経路によってこの世界からぬけ出られたとしても、ひとたび生きがいをうしなうほどの悲しみを経たひとの心には、消えがたい刻印がきざみつけられている。それはふだんは意識にのぼらないかもしれないが、他人の悲しみや苦しみにもすぐ共鳴して鳴り出す弦のような作用を持つのではなかろうか。

この一節を書いたのは、前回の手紙で少しふれた**神谷美恵子**《かみやみえこ》だ。彼女の主著の**『生きがいについて』**のなかにある。題名のとおり、この本で彼女は、ほんとうの「生きがい」、朽ちることのない生きる意味とは何かを考えた。「生きがい」という言葉自体は古くからある。でも、この言葉が、今日のように広く用いられるようになったのは、この本の影響が大きい。

十二歳のぼくの心にも悲しみの弦《げん》はあった。悲しみの弦は、もちろん目に見えない。人は、誰もこの不可視な弦を心の奥深くに潜ませて生まれてくる。でも、十二歳のぼくの心では、ほかの人の悲しみや苦しみと共鳴するようにピンと張られてはいなかった。

生きるとは、心に悲しみの弦を張ることだと神谷美恵子は考えている。そして、自分以外の人の苦しみ、悲しみにふれることによって鳴り出す「音」に導かれ、自らの生きる道を探し出す。それが彼女が見た人生の真実だった。

人は誰も、人生という深い森を歩いている。その小暗い道にあって、道しるべになるのが、この内なる「弦」から生まれる音色だとしたら、悲しみを生きる他者は、ぼくたちにとって、なくてはならない存在になる。

もしかしたら人は、自分の人生を考えているだけでは、自分の人生の意味を知ることはできないのかもしれないいんだ。

『生きがいについて』を書いたのはもちろん、神谷美恵子だ。でも、この本に記されているさまざまな叡知《えいち》を彼女は、耐えがたい人生の試練を生きる人々から学び取ってきた。

歴史的、世界的に名前が知られている人物もいれば、まったく無名の人たちもいる。神谷は、生きるという試練の「質」において、有名、無名はまったく関係がないことをもこの本で明らかにしている。むしろ、名も無き人たちによって、人生の深みに何があるのかを教えられることが少なくなかったと述べている。

真に「生きがい」を見出《みいだ》す人は、利害を超えた静かな「使命感」を抱きながら生きている人ではないかと彼女はいう。そして、「このような使命感の持主は、世のなかのあちこちに、むしろ人目につかないところに多くひそんでいる」と述べたあと、こう続けている。

肩書や地位のゆえに大きく浮かびあがるひとよりも、そういう無名のひとびとの存在こそ世のなかのもろもろの事業や活動に生きた内容を与え、ひとを支える力となっていると思われる。

(『生きがいについて』神谷美恵子)

ベトナム難民だった彼は、日本に帰化して、日本とベトナムの企業を橋渡しするような事業を興した。今は家族と共に郷里で暮らしている。もちろん、そうした生活を実現するまでには筆舌《ひつぜつ》に尽くしがたいような労苦があった。でも、当時のぼくは、それをまったく理解できなかった。

もちろん、今でもできていないと思う。でも、今は、できていないということが少し分かるようになった。分からないことの存在に気が付く。それが「学び」の始まりだ。人は、知らない、分からないと感じたとき、ほんとうの意味で学ぶという本能に、小さく明かりが灯《とも》る。

郷里を追われた人たちのすべてが「難民」になるとは限らない。ある人が、避難した国によって「難民」として認められれば、法的な保護を受けることができる。でも、認められない人は「移民」となり、保護の対象にはならない。

国連難民高等弁務官事務所によると、二〇一七年の時点では支援を必要とする人々が、およそ七一四四万人いた。しかし、二〇二一年末時点で故郷を追われた人の数は約八九三〇万人。そして、ロシアとウクライナの戦争以後の二〇二二年五月には、その数は一億人を突破したことが発表された。

もちろん、彼らのすべてが「難民」として保護されているわけではない。「移民」のまま不安定な生活を続ける人たちも多くいる。

「移民」とは、他国の文化、他国の価値観、他国の伝統を生きる人たちでもあるから、そうした人たちを受け容《い》れるのは簡単なことではない。もちろん、それは経済問題にも直接的に影響する。「移民」を「難民」として受け容れるかは、その国を揺るがす大問題になっている。

難民を受け容れないとする国、あるいはその政府は、自分たちの判断が正しいと信じている。もちろん、それに反対する人々もいる。

日本という国は、先進国のなかでも難民の受け容れが極端に少ないことで知られている。そのこともあって、日本社会では難民問題を現実として実感しづらくなっている。でも、もちろん、そのことと難民の生活改善あるいは、難民の減少とはまったく関係がない。「難民」という別種の人間がいるのではない。そこで生きているのは、ぼくたちと同じように苦しみ、もがき、不安にかられ、声にだせない悲しみを生きる人たちだ。そうした他者と、どう共に生きて行くことができるかは、現代社会の避けることのできない問題になっている。難民を生むのは戦争や差別だけではない。自然災害で住む場所を奪われる人たちもいる。

いつどこで難民が生まれるかは予想もつかない。ぼくたちは、この問題とどう向き合うかを真剣に考えなければならないところに来ている。それは単に、いかにして「難民」を受け容れるか、という点においてだけでなく、自分たちもまた「難民」になる可能性があることも同時に考えておく必要がある。

悲しみの弦は、ぼくたちがいかに他者に深く共感、共鳴し得るかを問いかける。それだけでなく、「わがこと」として考えることを求めてくる。

現実は、いつも多様な要素が複雑に絡み合っているから、簡単に判断することはできない。ことに善悪のレッテルを貼るようなことにはきわめて慎重でなくてはならない。ぼくたちは、自分を「善」であると考えることにはあまりためらいを覚えない。しかし、それは見えないかたちで、自分たちと異なる世界観、価値観を持つ人たちを「悪」だと感じることへとつながる可能性がある。

現実の多層性は、単純にひとつの真実を告げてくれない。対立する見方が存在するなかで、そのどちらか一方を善とか悪とか断定することなく、第三の道をまさぐってゆく過程は、本書の第11章に取りあげる『砦』という作品のなかにうまく語られている。

対立するもののどちらかを正しいと考えたり、善と考えたりすることなく、その対立のなかに身を置くことは大変なことである。

（『子どもの本を読む』河合隼雄）

善悪の判断を保留し、「第三の道」の可能性を探ること、そこに未知なる叡知の声を聞こうとする。それには大きな労力と忍耐を要する。でも、その道が困難であることと、道がないことはまったく別だ。

先の一節を書いたのは、深層心理学者の**河合隼雄**《かわいはやお》という人物で、ユング心理学を日本に紹介した人でもあり、それにとどまらず、東洋と西洋を架橋するような独創的な心理学を構築した思想家でもある。そして、彼が遺《のこ》した大きな業績の一つに「子どもの心理学」と呼ぶべき領域の開拓がある。

ある時期まで、心理学は大人を対象にした学問であり、療法だった。でも、河合は現代を生きる子どもたちにも大人と同様の深刻な「こころ」の問題があることに気が付く。それだけでなく、「子ども」の問題に充分対応できていないことが、大人たちの世界に起こるさまざまな問題の原因になっていることにも認識を深めていった。先に引いた『**子どもの本を読む**』も、河合が大人たちに向けて書いた「童話のすすめ」だといっていい。

君はもう童話を読むことはないだろうか。世の中で「ファンタジー」と呼ばれるものも、ここでいう童話に入る。童話は、大人が子ども用に書いた本だと思われている。でもそれは表層的なことで、もっと正確にいうと大人が子どもの心で書いたものだといった方がよいのかもしれない。

当然、それを味わうためには、大人であっても子どもの眼で読まなくてはならない。童話は、子どもたちのために書かれたものであるだけでなく、童話を読む必要がない、と感じた人たちに向けて書かれた作品でもあるんだ。だから、童話がほんとうに必要なのは、子どもよりも大人なのかもしれない。

先に引いた文章にあった『砦《とりで》』もそうした童話の一つだ。**モリー・ハンター**という女性作家によって書かれた、およそ二〇〇〇年前のローマ時代を舞台にした物語だ。

古代ローマには「奴隷」と呼ばれる人々がいた。彼らの多くは、さまざまな地域から無理やり連れてこられる。この物語は、ローマ人による「奴隷狩りの襲撃にさらされ、苦悩しているスコットランド北部のオークニー諸島に住むケルトの部族」の葛藤《かっとう》が描き出されている。

この物語に描かれるのは、現代とは違ったかたちで故国を追われる人たちの姿だといっていい。そして、河合はこの物語が、簡単に善悪を判断せず、その二つを包み込むような「第三の道」を見出すものであることに注目している。

善悪、優劣、あるいは幸不幸を、ぼくたちは、あまりに簡単に判断しているのかもしれない。対立する二者のあわいにあるもの、あるいは二者を包み込み、変容させるものがあることを童話が大人たちに教えてくれることに河合は気が付いた。

ファンタジーは、このように当人の思いがけぬ姿をとって、顕現《けんげん》してくるのである。それは人間が考えだすものではなく、どこか他の世界から、人間の心のなかにわきでてくるものなのである。

（『ファンタジーを読む』河合隼雄）

人間が意識によってストーリーを「作る」のではなく、どこからか物語が「生まれ」てくる。河合は童話を読んでいて、そう感じた。世にいる、ある作家たちは、物語をいかに作りだそうかと懸命にもがいている。でも、童話といったものはしばしば、「考えだす」、のではなく「わきでてくる」、と河合はいう。

あるときから人は、本を「あたま」で考えながら、読むようになる。知識を得るために読むようになる。だが、童話は「あたま」では読むことはできない。それは別なところで味わうことを求めてくる。

ファンタジーは孤独なときによく動きはじめる。人間関係のあるときは、日常世界のはたらきが強すぎて、ファンタジーの動きを止めてしまうのである。

（前掲書）

情報は「あたま」で読める。でも叡知は心でなくては感じることができない。童話でなくても「読む」ということと「書く」ということは、ぼくたちを「孤独」な場所へと導く。ここでの「孤独」は、物理的に一人でいることを意味しない。それは自分の心と深くつながっていることを指す。

ぼくたちは、ほんとうに「ひとり」でいるとき、「あたま」だけでなく心で世界を感じ始める。童話はそのことをまず、ぼくたちに強く求めてくる。

子どもにはむずかしいことは分からない、とよく言われる。でもほんとうだろうか。大人たちが世界を複雑にしているだけで、子どもはむしろ、世界の本質をしっかりとらえているのかもしれない。子どもの方が「孤独」の意味を深く感じているのかもしれない。

「愛する」ことの本質は、人生経験を多く持つ大人よりも子どもの方がよく理解するということがある、と河合は述べている。


愛することは、愛されないこと、愛さなくなること、愛するものを失うことなどの対極をもち、その対極の存在によって、その行為は、ますます深められることになる。愛するが故に、愛するものを自ら失うことによってこそ、愛が完成することもある。

このような困難なパラドックスを『ねずみ女房』（第7章）という作品は、われわれに告げてくれる。そんなパラドックスが果たして子どもにわかるのだろうか、などと心配する必要はない。パラドックスなどというのは大人の言葉であって、子どもたちは、この事実をそのまますっと受けとるのである。われわれ大人は子どもたちを、もっともっと信頼していいのだ。

（『子どもの本を読む』河合隼雄）

年齢を重ねるということはどこまでも前にむかって進むことのように見えるかもしれない。でも、それはあるときまでで、ある日を境にぼくたちは人生の忘れ物を取りに戻るようになるのかもしれないんだ。

むずかしく書かれていることと、それがほんとうのことであることとはまったく関係がない。逆のこともいえて、平易に書かれているから、それが偽りであるともいえない。むずかしいものを読めるようになっていくのは素晴らしいことかもしれない。でも、むずかしいということだけなら、それは何の価値もない。それはただ、あることの状態を示しているだけだ。むずかしいものを読めるようになってくると、人は、ある難解さがないとそれをほんとうのことだと感じなくなる。世界はそれほど単純じゃないと思うようになる。

少し落ち着いて考えてみよう。平易に語られた言葉は、いつも単純なことばかりを意味しているのだろうか。平易な言葉は、とてつもなく深いことを語ることがあるのではないだろうか。

君は、**ミヒャエル・エンデ**という作家を知っているだろうか。『**モモ**』とか『**はてしない物語**』などの作者として知られる作家だ。彼がどういうふうに作品を生み出しているかが語られた、とても印象的な言葉がある。

ドイツの文学者ミヒャエル・エンデと対談したとき、彼は日本の作家が軽い気持ちでファンタジーということを考えすぎているのではないか、と指摘していた。ファンタジーを生みだすのは修行者の苦行《くぎょう》に等しいほどのことだと私は理解している。
(『ファンタジーを読む』河合隼雄)

「苦行」という言葉は、「身命を賭《と》して」「身を削って」あるいは「心を砕いて」という表現に置き換えてもいいかもしれない。「あたま」で書いた文章は、「あたま」で読むことができる。しかし、心を砕いてつむがれた文章は読者も心で読まなくてはならない。哲学者のニーチェは、言葉は「血」でつむがねばならないとも書いているが、もちろん、「血」で書かれたものは「血」で読まなくてはならない。

君は、君の大切な人が心を込めて書いた手紙を知性だけで読んだりはしないだろう。そこに記された文字を目でなぞるだけで終わりにはしないだろう。こんなとき君はニーチェが「血」と呼んだものを、ぼくたちは別なところで「たましい」と呼ぶことがあることにも気が付くだろう。

いつか、精神とも心とも違う「たましい」とは何かをめぐって考えてみたい。河合隼雄にとっても「たましい」は、もっとも重要な問題だった。彼にとって真の意味での「心理学」は、「たましい」の学問でなくてはならなかった。


私が「たましい」というのをときどき言いますと、学生から、「先生は、たましいというものを、どういうふうにお考えですか」と聞かれるので、「あれは、わからんものをたましいと言っているんだ」と言うんです。どういうことかと言うと、みんな人間はおのおの表現できないたましいを持っているということ。その人を全部わかるということは、あり得ないということ。しかし、その一部でも、ちょっとでも、少しでもわかるということはすばらしいいし、そしてありがたいことです。

しかし、わかったというので、むこうをまるごとわかったような錯覚を起こすということは、たましいに対する侵害なんです。

（『カウンセリングを語る　下』河合隼雄）

「たましい」とは何かを言葉で表現することはほとんど不可能であるだけでなく、他者の「たましい」を分かったと感じることは大きな誤りだと河合はいう。それでもぼくたちは「たましい」とは何かをめぐって考えを深めていくことはできる。

先の手紙でもふれたけど、神谷美恵子と河合隼雄はともに、ブッシュ孝子の詩の「発見者」だった。

二人は、市井の人々の心に宿る叡知を見過ごさない「眼」を持っていた。体系立った思想にならないのはもちろん、言語化すらされないことがある叡知が、複雑な社会問題に光をもたらすことを見逃さなかった。

もしかしたら、この暗い時代を照らす光は、精神と知性の眼だけではなく、第三の「たましい」の眼も開かなければ、見出《みいだ》すことができないかもしれない。

君も自分と大切な人の「たましい」を感じながら、「たましい」とは何かを少し考えてみてほしいんだ。

コペル君と網目の法則

二〇一八年、一冊の本が社会現象になった。『**君たちはどう生きるか**』という本がマンガになったのがきっかけだった。原作と合わせて三百万部を超え、この年、もっともよく売れた作品だったらしい。

この本は、**吉野源三郎**《よしのげんざぶろう》という人が書いた哲学小説ともいうべき作品で一九三七年（昭和一二）に発刊された。

およそ八十年前の作品が突如よみがえって、書店はもちろん、駅や電車のなかだけでなく、街のいたるところに宣伝ポスターが張り出されていた。

「君たちはどう生きるか」というタイトルは、たしかに印象的で、力をもった言葉だ。それが生まれた背景をめぐってはあとで書くけど、昏迷《こんめい》を深める時代にあって、それにどうにか抗《あらが》おうとして生み出された、ほとんど祈りのような言葉でもあった。ここでの「君たち」というのは、多くの世の人々、というわけではない。ぼくがこうして君に書いているように、これから世に出る若い人たちのことなんだ。

ある人たちは、子どもだと思って、その存在を重く見ない。でも、吉野源三郎たちは違った。子どもたちにこそ、ほんとうに大切なことを伝えていかなくてはならない。それが、きたるべき時代を作ることになる、と信じていたんだ。

この本は、ほんとうによく売れた。どこの書店にいってもうずたかく積まれていた。でも、「売れた」ということは話題になっても、この本の精神というべきものをめぐる言葉や行動は世に現われなかった。むしろ、世相はそれとは逆の方向に動いていった。ぼくの見方が悪いのかもしれないが、今もそうした声は聞こえてこない。

それは、この本に人の心に働きかける力がないから、というわけではないと思う。それならば八十年以上も残ることはなかっただろうし、社会現象になるほど人の手に渡ることもなかっただろう。問題は、読む者の態度にあるのかもしれない。

今話題になっている本だから、眺めてみよう、という気持ちでこの本をとるだけだったら、そこに書かれている情報しか受け取れない。そうしたことはしばしば起こる。不要だと思われた情報は消えていく。

ほんとうに「読む」ということは、文字を扉にして、作者が書き得なかったことにふれようとすることだから、情報は道路の標識のようなもので、真の目的はその先にある。それを受けとめるためには、「あたま」だけでなく、同時に「こころ」も動いていなくてはならない。このときぼくたちにとって読書は一つの経験になる。

単に情報を集めるのは「体験」だ。体験は深まらない。通り過ぎていくだけだ。でも「経験」は違う。真に経験と呼ぶべき出来事は、その人のなかで種になって時間を掛けて育っていく。もちろん、この本を経験的に読んだ人もいるに違いない。それが開花するのを信じたい。

一九八一年に吉野源三郎が亡くなったとき、盟友でもあった政治学者——ほんとうは、ぼくはこの人物を「政治哲学者」だと思っている——の**丸山眞男**《まるやままさお》（一九一四〜一九九六）が、『君たちはどう生きるか』をめぐってとても真摯《しんし》な言葉を書き残している。

> すくなくとも私は、たかだかここ十何年の、それも世界のほんの一角の風潮よりは、世界の人間の、何百年、何千年の経験に引照基準を求める方が、ヨリ確実な認識と行動への途だということを、「おじさん」とともに固く信じております。そうです、私達が「不覚」をとらないためにも……。
>
> （「『君たちはどう生きるか』をめぐる回想」丸山眞男）

「ほんの一角の風潮よりは、世界の人間の、何百年、何千年の経験に引照基準《いんしょうきじゅん》を求める」

これが真にものを考える人間の態度だというんだ。同時代の出来事、あるいは同時代の言葉を人類の遺産というべきものとの共鳴のなかで理解する。それが「読む」あるいは「考える」土壌だという。

『君たちはどう生きるか』はほんとうに素晴らしい本だ。およそ三十数年ぶりに読み返して思いを新たにした。でも、ぼくがそう思えたのは、この本だけを読んだからではなく、若い頃にこの本を手にして、そのあと、古典と呼ばれる書物との対話を経験したからかもしれない。現代の読者から、反応が起きにくいのも、この本だけを読んでいるからかもしれない。

主人公は「コペル君」と呼ばれている。地動説を唱えたコペルニクスがその由来になっている。この由来にも作者は大きな願いを込めている。読者が、コペルニクス的経験に導かれることを希《ねが》っている。コペルニクス的経験とは、その人の常識が百八十度転換するような出来事だ。この世界にはもう一つの次元があると知るような出来事だ。

この本が世に送りだされた一九三七年は、日中戦争が起こった年で、四年後に始まる太平洋戦争へとなだれ込んでいく時期である。当時を振り返って吉野源三郎はこう書いている。

〔この本を含む『日本少国民文庫』の刊行が始まった〕一九三五年といえば、一九三一年のいわゆる満州事変で日本の軍部がいよいよアジア大陸に進攻を開始してから四年、国内では軍国主義が日ごとにその勢力を強めていた時期です。そして一九三七年といえば、ちょうど『君たちはどう生きるか』が出版され『日本少国民文庫』が完結した七月に盧溝橋《ろこうきょう》事件がおこり、みるみるうちに中日事変《ちゅうにちじへん》となって、以後八年間にわたる日中の戦争がはじまった年でした。『日本少国民文庫』が刊行され『君たちはどう生きるか』が書かれたのは、そういう時代、そういう状況の中でした。ヨーロッパではムッソリーニやヒットラーが政権をとって、ファシズムが諸国民の脅威となり、第二次世界大戦の危険は暗雲のように全世界を覆っていました。

(『君たちはどう生きるか』吉野源三郎　※引用文中の亀甲《きっこう》括弧内は筆者による。以下同)

この時代、世界は極度に右傾化し、ドイツ、イタリアでは全体主義、ファシズムが猛烈な勢いで広がっていった。ことにナチス・ドイツはゲルマン民族の極端な優位を主張し、何の罪もないユダヤ人を迫害し、弾圧した。

君は、強制収容所という言葉を聞いたことがあるだろうか。ユダヤ人であるというだけで逮捕され、過酷な状態で強制労働をさせられ、そのあとガス室などで殺害された。亡くなったユダヤ人の数は今も正確には分からない。諸説あるものの、少なくとも数百万人はいるとも伝えられる。

この出来事をめぐってぼくたちがまず、考えなくてはならないのは、亡くなった人の数ではない。亡くなったのがひとりだったとしても、けっしてあってはならないことだからだ。人数の多さとこの問題の本質を一緒にしてはいけない。でも、不幸なことに世の中にはそうしたことばかりを語る人たちがいる。その声を聞いていると、数が少なければ、それは悪いことではない、とでもいいたげである。

人種や宗教、あるいは社会的立場による不当な差別があってはならない。こうしたことはみな、頭では分かっている。でも現代は、ナチス・ドイツの行いが過去のものとは思えないくらい、右傾化している。

君も聞いたことがあるかもしれないが、「ヘイトスピーチ」と呼ばれる、韓国、北朝鮮の人々を不当に差別する言説が、現代の日本で平然と行われている。吉野源三郎が書いていることは遠い過去のことではない。今のことでもあるんだ。世の中に何か不穏な空気が流れ始めたとき、いかに現実と向き合うかを描き出した物語が読み直されるのは、ある意味、自然なことかもしれない。

先にもふれたけれど、この本が『君たちはどう生きるか』という書名でなかったら、この本はここまで多くの読者に恵まれなかったと思う。でもそれは、吉野源三郎が考えたのではなかった。『路傍《ろぼう》の石』などで知られる山本有三《やまもとゆうぞう》という小説家の考案で、執筆も山本がする予定だった。しかし、山本は眼を患い、ペンを執ることができなくなる。そこで彼をよく知る編集者だった吉野源三郎に白羽の矢が立った。

当時、吉野は多少の文章、翻訳を手がけたことはあっても自著はなかった。この本が最初の一冊になった。このときのことを彼はこう記した。


私は、そのころ哲学の勉強をしていて、文学についていては、学生時代から好きで親しんではいましたが、なんといってもまったく素人でした。とても山本先生の代わりをつとめる資格はありませんでした。しかし、いまのべたような動機からはじまった計画であり、『君たちはどう生きるか』は、十六巻の中でも特にその根本の考えをつたうべき一巻でした。

(前掲書)


飛び込んできた仕事が、書き手としての吉野を決定した。そうなることを彼が望んだわけではなかった。しかし、この仕事によって彼は、八十余年後の今日《こんにち》でもなお、抜きんでた哲学小説の作者となった。

「哲学小説」って何だろうと君は思うかもしれない。こういう呼び名があるわけではない。でも、この本を一読すれば、コペル君を主人公にした「小説」であることはすぐに分かる。そこに「哲学」の文字をそえたのは、先に引いた丸山眞男が、亡くなった吉野のことを「哲学者」と呼んでいたからなんだ。丸山眞男も優れた眼をもった人物だった。彼も真の「哲学」、すなわち、真の叡知《えいち》の探究は、必ずしも論文の形式をもって世に現われるとは限らないことをよく理解していた。

『君たちはどう生きるか』に見本になるような作品があったのではない。吉野は山本有三という作家を信頼し、子どもたちに向けた、ほんとうに必要とされる本は何かを考え、実践した。いくつかの、人生の問いと呼ぶべきものを次の時代を担う若者たちに手渡すことだけを考えた。そこに「物語」が誕生した。

執筆当時の心境をめぐって、吉野は、ペンを執ることのなかった山本の心境を推し量りながら次のように述べている。

山本先生のような自由主義の立場におられた作家でも、一九三五年には、もう自由な執筆が困難となっておられました。その中で先生は、少年少女に訴える余地はまだ残っているし、せめてこの人々だけは、時勢の悪い影響から守りたい、と思い立たれました。先生の考えでは、今日の少年少女こそ次の時代を背負うべき大切な人たちである。この人々にこそ、まだ希望はある。だから、この人々には、偏狭な国粋主義や反動的な思想を越えた、自由で豊かな文化のあることを、なんとかしてつたえておかねばならないし、人類の進歩についての信念をいまのうちに養っておかねばならない、というのでした。荒れ狂うファシズムのもとで、先生はヒューマニズムの精神を守らねばならないと考え、その希望を次の時代にかけたのでした。
（前掲書）

「偏狭な国粋主義や反動的な思想」、これが先にいったファシズムだ。吉野は、若い人が豊かな、そして寛容な精神を持つことこそ、こうした人間性を冒瀆《ぼうとく》するような思想との闘いにもっとも必要なものだと考えていた。「希望を次の時代にかけた」と吉野はいう。今、ぼくは彼の気持ちの一端が分かる気がする。

真摯な態度で、希望ある次の時代を作ろうとし、その担い手となる若者たちに心の底から呼びかけること、このことこそ、時代の良識と良心を守ることであり、また、今と未来をほんとうの意味で架橋することだと信じていた、というんだ。

また、この本は、精神において、山本有三との「共作」にほかならない、ともいう。ぼくは君に『君たちはどう生きるか』を繙《ひもと》いてほしいと思っている。でもそれだけでなく、『路傍の石』や『真実一路』といった山本有三の作品にもふれてほしい。

戦争に突入していく日本にあって、山本有三も吉野源三郎も、このときすでに「大人」に向けて言葉を書くことに深く絶望していた。大人たちは、いつも何かのために言葉を読み、言葉を利用する。二人は、無節操に言葉を道具のように扱う大人ではなく、それによって己れを見つめ、新しい世界を切り拓《ひら》いていこうとする「少年少女に訴え」ようとする。コペル君は十五歳だ。君も同じくらいの年齢なのだろうか。吉野は、興味深そうに手に取る世の「多く」の人よりも、君たちのような真摯に生きるほか道を知らない若い人たちの胸に届け、とペンを執った。君ならきっと、この本を開き、言葉の奥に吉野源三郎や山本有三の切なる祈りを聞くと思う。

この本でもっとも重要な文章の一つが、第四章の「貧しき友」であることに異論はないと思う。表題通り、ここでコペル君は、貧富の差とそれを超えた真の価値をめぐって考えることになる。

あるとき、コペル君は、病気で学校を休んでいる級友が心配になり、その家を訪ねる。

この友人は浦川《うらかわ》君という豆腐屋を営む家の長男だった。家に行くとまだ、中学生の浦川君が働いている。豆腐を油の入った鍋《なべ》にいれ、油揚げを作っているところだった。

コペル君はその手際の良さに驚いて、どうやってそれを「練習」したのか、と訊く。すると浦川君はこう言った。

「練習なんかしないよ。ただ、おっかさんの手伝いを、ときどきしてただけさ。でも、君、一つやりそこなうと、三銭損しちゃうだろう。だから、自然一生懸命やるようになるんさ……」

（前掲書）

自分は学校でそれを誰かに習うように練習したんじゃない。両親が働く姿を見てそれを身につけた、というんだ。

学校では教われない人生の学びがある。コペル君は学校の成績はとてもよい。でも、彼は学校以外での「学び」をまだ知らないでいる。

コペル君は裕福な家に育った。早くに父親を亡くしたとはいえ、今も家庭は生活に困るということはない。彼は欠席した級友を見舞うような心の優しい人間でもある。でも、自分が育った環境以外の世界をまだ、充分に知らない。

浦川君が学校を休まなくてはならなかったのは、彼の家で働いている「若い衆」が体調を崩したからだった。

ちょうどこのとき、彼の父親はお金の工面をしなくてはならず、家を空けていた。浦川君も働かなければ、どうにも商いが回らない。だから彼は学校に仮病を使って家の仕事を手伝わなくてはならなかった。

一家を支えるお金のために父親が奔走していることを、子どもである浦川君は知らないことになっている。彼の両親は、子どもに仕事を手伝ってもらうことはあっても、逼迫《ひっぱく》した家の事情まで知らなくてもよい、と思っている。だが、現実は違った。

「でも、君、このこと誰にも話さないでね。おっかさんだって、僕が知らないと思ってるんだから」と浦川君はいう。その姿を吉野は「子供のくせに、まるで大人のような暗いかげがさしていました」とも書いている。

家が貧しいことを子どもが自覚する。そのことは両親を困らせ、悲しませることを浦川君は知っている。だから、自分たちがどのような境遇にいるかをすべて知っていても、浦川君は知らないふりをしている。いつの時代も子どもは大人が思っているよりも「大人」だ。

もちろん、父親も浦川君が知らないところで懸命に努力している。でもそれと同時に浦川君は、大人たちが気が付かないところで、大人の生活をしっかり支えている。

人は——ほんとうは人だけでなくあらゆるものが——互いにある深度で交わりながら存在している。目には見えない関係のなかにいる。それはまるで、網の目のようにつながりあっている。自分と他者は別々に存在しているのではなく、むしろ、無関係ではいられない「関係」によってつながっている。こうしたありようにコペル君は「網目の法則」という呼び名を付けた。

世界は一つの網だとコペル君は考えた。ひとりひとりの人間が一つの網目。網は、無数の網目からなっている。でも、どこかに破れがあったりすると、網のはたらきを果たせなくなる。また、小さな網の破れは、次第に全体が壊れていくことにもつながりかねない。人は誰も未知なる他者とのつながりのなかで生きているというんだ。

このことをコペル君が最初に発見したのは、粉ミルクがどのように自分の手まで届くのかを考えたときだった。コペル君は叔父《おじ》さんに向けて、「粉ミルクが日本にくるまで」と題して次のように書いた。

牛、牛の世話をする人、乳をしぼる人、それを工場に運ぶ人、工場で粉ミルクにする人、かんにつめる人、かんを荷造りする人、それをトラックかなんかで鉄道にはこ

ぶ人、汽車に積みこむ人、汽車を動かす人、汽車から港へ運ぶ人、汽船に積みこむ人、汽船を動かす人

（前掲書）

このあとの「粉ミルクが日本に来てから」と題する一節に、同様の記述がある。海外から船で運ばれてきたものが、倉庫に運ばれ、出荷され、店に並べられ、それをコペル君が手にする。ともあれ、無数の、と言いたくなるほどの人の手を介して、一個の粉ミルクがやってくる。

これを家にあるもの、あるいは自分が暮らしている町に置き換えたら、そこに浮かび上がる関係の地図は、計り知れないほど大きく、また複雑になる。それをコペル君は「網目」に喩《たと》えたんだ。

知らないところで、知らない人とつながっている。そしてそれがどこまでつながっているのかを人は、容易に確かめることはできない。それはほとんど無尽、あるいは無限といってよいような広がりを持つ。

この本で、「網目の法則」という言葉を目にしたとき、ぼくは、ほとんど反射的に一つの説話を想い出した。仏教の『華厳経《けごんきょう》』にある因陀羅《いんだら》の網、因陀羅網の話だ。「因陀羅」は、ヒンドゥー教の神インドラ神のこと。この神の宮殿には網がはってある。

そして、その網にある無数の結び目には宝珠が付けられている。宝珠は鏡のように美しく磨かれている。それらを見ると互いに姿を映し合っている。想像してみてほしい。ある宝珠が横にある宝珠を映し、もう一方の宝珠は、それを映した宝珠をさらに映す。こうした連鎖が終わりなく続く、というんだ。宮澤賢治《みやざわけんじ》にもこの網にふれた「インドラの網」という作品がある。吉野は賢治の作品を読んでいたのかもしれない。

他者は自分の気が付かないところにいて、そして自分にある深度の影響を与えている。だが、人はそのことを認識できていない。影響は自分が認知できている範囲から受けている、と知らないうちに思い込んでいる。

『君たちはどう生きるか』という文字を目にしたとき君は、「どう生きるか」を人は選ぶことができる、そう思わないだろうか。もちろん、人は、あるところまでは「どう生きるか」を選ぶことができる。むしろ、どう選ぶかがその人の人生を決定する、ともいえる。でも、その一方でぼくたちは、自分がいつまで生きることができるのか、あるいは自分の大切な人がいつまで生きていられるかを決めることはできない。

人は、「どう生きるか」を考えなくてはならない。しかし、それと同時に他者によって「どう生かされているか」も考えなくてはならないのではないだろうか。

「どう生きるか」だけを考えているとき、ぼくたちは、自分の人生は、自分で作り上げていくことができると思い込んでしまうのではないだろうか。

突然だけど、君は、**夏目漱石**《なつめそうせき》(一八六七〜一九一六)の『**こころ**』を読んだことがあるだろうか。大学生の「私」と、「先生」と「私」が呼ぶ、一回りほど年上の人物とその夫人の交わりを描いた小説だ。「私」にとって「先生」は、文字通りの「師」と呼ぶべき人物だった。

この小説は、主に「私」の語りと「先生」の手紙で構成されている。それに似た構造が『君たちはどう生きるか』にもある。コペル君にとって叔父さんは単なる助言者ではなく、ある意味での師だ。叔父さんは、ときに父親以上にコペル君の人生に介入してくる。

コペル君は叔父さんに日々あったことを話す。すると叔父さんはそれに手紙を通じて応《こた》える。直接は話せないことでも、手紙でなら書ける。また、手紙なら受け取ったコペル君も何度も読める。叔父さんは、あえてこうして手間のかかる方法でコペル君との関係を深めていった。叔父さんはコペル君への手紙に、体調を崩した浦川君の家の「若い衆」と呼ばれている人をめぐってこう書いている。


浦川君のうちでは、貧しいといっても、息子を中学校にあげている。しかし、若い衆たちは、小学校だけで学校をやめなければならなかった。また、浦川君の一家は、まだしも、お豆腐を作る機械を据えつけ、原料の大豆を買いこみ、若い衆を雇い、一種の家内工業を営んで暮しを立てているけれど、若い衆たちは、自分の労力のほかに、なに一つ生計をたててゆくもとでをもっていない。一日中からだを働かせて、それで命をつないでいるのだ。　（前掲書）

浦川君の家は、コペル君の家に比べると貧しい。しかし、そこで「若い衆」として働いている人の家はさらに貧しい。君はまだ、ほんとうの貧しさを知らない、という。叔父さんはコペル君を非難しているわけじゃない。「分かる」ということの危うさを伝えようとしているんだ。人は「分かった」と感じたことをそれ以上に追究することはない。叔父さんはコペル君に何かを「分かる」ことだけでなく、「分からないまま」でいることの大切さを伝えようとしている。

同じ手紙で叔父さんは、困難にある人が、より困難を強いられる世のなかに大きな矛盾がある、という。

こういう（若い衆のような）人々が、万一、不治の病気にかかったり、再び働けないほどの大怪我をしたら、いったい、どうなることだろう。労力一つをたよりに生きている人たちにとっては、働けなくなるということは、餓死に迫られることではないか。それだのに、残念な話だが今の世の中では、からだをこわしたら一番こまる人たちが、一番からだをこわしやすい境遇に生きているんだ。粗悪な食物、不衛生な住居、それに毎日の仕事だって、翌日まで疲れを残さないようになどと、ぜいたくなことは言っていられない。毎日、毎日、追われるように働きつづけて生きてゆくのだ。

（前掲書）

「からだをこわしたら一番こまる人たちが、一番からだをこわしやすい境遇に生きている」。これは八十年前も今も変わらない。この本が古くならないのは、書かれた言葉の意味が深いからだけではない。深いところでは社会の在り方がまるで変わっていないからだ。コペル君がいうように、もし世のなかが「網目の法則」によってつながっているとしたら、困難にある人とは、少し離れたところにいる「自分」だということになる。

ぼくたちは、他者を助けることに躊躇《ちゅうちょ》することがある。でも、自分を救い出すためにはあらゆる手段を考える。問題は、他者のなかにどうやって「自分」を見出《みいだ》すかなのではないだろうか。

先の言葉のあとに叔父さんは、コペル君は、困難を生きている人たちと無関係でないだけでなく、彼、彼女らに支えられている、という。社会は、こうした人たちの肩によって背負われているというんだ。

しかし、見方を変えて見ると、あの人々こそ、この世の中全体を、がっしりとその肩にかついでいる人たちなんだ。君なんかとは比べものにならない立派な人たちなんだ。――考えて見たまえ。世の中の人が生きてゆくために必要なものは、どれ一つとして、人間の労働の産物でないものはないじゃあないか。いや、学芸だの、芸術だのという高尚な仕事だって、そのために必要なものは、やはり、すべてあの人々が額に汗を出して作り出したものだ。あの人々のあの労働なしには、文明もなければ、世の中の進歩もありはしないのだ。（前掲書）

ぼくたちは、自分のちからで生きているだけでなく、ここで叔父さんがいうように、見えないところで困難を生き抜こうとしている人たちによって「生かされて」いるのではないだろうか。ぼくたちが自分のちからで生きることができるのなら、「どう生きるか」を考えればよい。でも、「生かされて」もいるのだとしたら、少し人生への態度を変えなくてはならないのかもしれない。

『君たちはどう生きるか』という本は不思議な本だ。ここで述べられているのは「どう生きるか」よりも「どう生かされているか」なんだ。作者はきっと、その事実を見据えた上で「君たちはどう生きるか」、と問いかけたかったのだと思う。

「生かされている」ことに気が付く、するとぼくたちは、世の常識とは別の尊さが存在することにも同時に気が付く。叔父さんはこの「気付き」はついに既存の価値をくつがえすに至るという。コペル君に向かって彼は次のように書き送る。

普通世間から見くだされている人々の中に、どうして、頭をさげなければならない人の多いことにも、気がついて来るに違いない。（前掲書）

君ならきっと、この言葉の真意が分かると思う。叔父さんは、頭を下げるべき人に頭を下げろといっているんじゃない。頭を下げるべき人はどこにいるか分からないから、そうした存在はしばしば、ぼくたちの前を通り過ぎるから、心のなかではいつも頭を下げて生きていかなくてはならない、そういうんだ。

そんなことはできない、そう君は思うかもしれない。でもぼくは、ここで叔父さんのいうような生き方をした人物を何人か知っている。それだけでなく、そうした人物にぼくは、強く影響されてきたように思う。そのひとりが、先にもふれた神谷美恵子という、精神科医であり哲学者でもあった人物だった。

次の手紙では、彼女のことを書いてみたいと思う。くれぐれもからだを大切にしてください。君が自分を労《いたわ》るとき、君は、気が付かないところで他者を労っている。それが「網目の法則」だからね。

無事を心から祈っています。

愛と「生きがい」

当たり前なことをいう、と思われるのは承知だけれど、この手紙を読んでいる君は生きている。これは確かなことで、疑いようがない。

でも、君の人生に生きる意味、「生きがい」はあるだろうか。「これが私の生きがいです」と君は、誰かに明言できるだろうか。自分の「生きがい」とは何かと聞かれたらどう答えるだろう。自分に嘘をつかず、見栄《みえ》も張らないで、ほんとうに自分が「生きがい」だと感じることを言葉にするとしたら、どんなことになるだろう。

特別な「生きがい」などない、と言うかもしれない。でも、そうした応答を受けて、「君は、生きがいのない人生を生きているんだね」と問い返したら、その瞬間に君は、「そうじゃない。生きがいがないんじゃない。ただ、言葉にできないだけだ」と思うんじゃないだろうか。

そうだったとしても、もう少し考えてみてほしい。もし、君が感じている生きがいが無くなってしまったとき、君がここに存在している意味は消えてしまうのだろうか。

生きがいは幾つかあるから、一つくらい消えても問題はないと言うかもしれない。それなら、それらのすべてが無くなったら、君の人生は生きるに値しなくなるのだろうか。

仮に君が、自分が生きがいだと感じているものが七つあるとする。でも、それらがすべて奪われる人生もあるかもしれない。そうしたら、生きる意味は、君の人生から奪われてしまうのだろうか。

そう考えてみると、ぼくたちの人生はつねに何かに脅かされている、ということになる。大切なものを胸に抱くようになればなるほど、生きる意味が奪われるのを恐れるようになる。生きがいを感じる人生であればあるほど不自由になるのかもしれない。

今日は、君と「生きがい」と「自由」という問題を考えてみたいと思う。この二つの言葉の関係はとても深い。自由のないところで生きがいは感覚しづらくて、生きがいを感じるとき、ぼくたちは真の自由とは何かが分かるのかもしれない。そうして、「生きがい」も「自由」も、少し掘り下げてみると、世の中で用いられている意味とは少し違う姿が見えてくるようなんだ。

生きる意味はあっても、必ずしも言葉にできるとは限らない。語られざる意味をしっかり感じながら毎日を生きている人は世の中にたくさんいる。でもいっぽうで、生きる意味とは何かを雄弁に語りながら、じつはそれをあまり実感できていない人もいるかもしれない。

「知る者は言わず、言う者は知らず」（『老子』）という言葉もある。物事の本質を知ったものは自《おの》ずと沈黙のなかでそれを体現することになる、というんだ。

「生きる意味」という考えを「あたま」で理解するのではなく、それをまざまざと実感するとき、ぼくたちは「生きがい」という表現を用いる。この言葉が、いつできたかは分からない。かつては「生き甲斐《がい》」と書いた。「生き甲斐」という文字は二葉亭《ふたばてい》四迷《しめい》（一八六四〜一九〇九）などの明治の作家の作品にも見られるから、新しいものではない。

「苦痛は苦痛だが、それに堪えられんことは無い。一層奮闘する事が出来るようになるので、私は、奮闘さえすれば何となく生き甲斐があるような心持がするんだ」（「予が半生の懺悔」）と二葉亭は書いている。苦しいのだが同時に、そこに言うに言われぬ意味を感じている状態を指すことがよく分かる。

今でも、何かに失望したとき「そんなことを言われると、やった甲斐がなくなる」、という言い方をする。ここでいう「甲斐」とは現代的な意味だが、「甲斐なし」という言葉自体は古語にもある。

「生きがい」という言葉の由来は古い。でも、今日《こんにち》のように用いられるようになったのは最近のことだ。今や「生きがい」という言葉は、日本だけでなく、ヨーロッパ文化圏でも“Ikigai”とそのまま表現されて、哲学や心理学の重要な鍵語《かぎご》になりつつある。そのきっかけとなったのが、これまでも幾度かふれてきた**神谷美恵子**の『生きがいについて』という本だった。

この本は一九六六（昭和四一）年に刊行され、「生きがい」という言葉の意味を根底から覆したといってよいほどの影響力をもった。この本が出たとき、日本は高度経済成長期の真っただ中だった。この時代は、さまざまな価値が、物質化によって、あるいは金銭、名誉などで測られた時代だった。きっと君には想像するのも難しいくらい、社会が外的になって、内面が忘れられていた。そうした時期に神谷は、人間の生涯の意味と価値を根底から決定するのは、外的な価値ではなく、生きがいという内的な、そして、個々別々なものではないかと問いかけた。

「生きがい」をめぐって彼女は次のように書いている。

……ひとの心の世界はそれぞれちがうものであるから、たったひとりのひとにさえ、生きがいを与えるということは、なかなかできるものではない。あるひとにとって何が生きがいになりうるかという問いに対しては、できあいの答はひとつもないはずで、この本も何かそういう答をひとにおしつけようという意図はまったくない。
（『生きがいについて』神谷美恵子）

「生きがい」は、多くの人に適用できる「方法」や「技術」ではない。それぞれの人間が、実感したところに生まれる何ものかだ、というんだ。もし、彼女の言葉が正しければ、君のことをどんなに思っても、君にぼくは「生きがい」を与えるということはできない。

もちろん、その助けになることはできるかもしれない。でも最終的には、その人が自分の手で人生という土壌から掘り出し、それを胸に抱きしめたとき、はじめてその存在と意味を実感するのではないだろうか。「生きがい」は必要だ。でも、それを強要することは誰にもできない。

もちろん、ぼくも君に特定の思想を押し付けるつもりはない。こうして君に手紙を書きながら、「生きがい」が発見されるときの条件のようなものを考え直してみたいと思っている。

「できあいの答はひとつもない」という言葉は、素朴だけどとても力強い。同じ生きがいは二つとない、そしてその人の眼にしか映らない、不思議なものなのかもしれない。

「ひとは他人への愛ゆえに自らの自由を捨てて、ひとに仕えることもある。ほかの道をとることもできるのにこの道をえらぶとしたならば、これもやはり自由に不自由をえらぶといえる」とも神谷は書いている。

他者への深い情愛に突き動かされて、傍《はた》から見る者には理解できないほど厳しく、不自由な道を歩く人もいる。しかし、この人は、生活上の不自由という条件を含みながら、その先にある「生きがい」を自由の精神によって選び取っている、というんだ。

こうした人生の選択をする人はけっして少なくない。自分の大切な人が深刻な病を背負ったとき、その人と共に生きて行くためには、さまざまな点で「不自由」と困難に向き合わなくてはならない。でも、こうしたとき、君もきっと神谷美恵子がいうように「自由に不自由をえらぶ」んじゃないだろうか。

今日使われている「自由」という言葉は、英語の翻訳語として用いられるようになった。特に英語には二つ「自由」を意味する言葉がある。freedomとlibertyだ。

前者は、さまざまな抑圧からの自由、そして後者は、たたかい、勝ち取った自由を指す。言論の自由は“freedom of speech”。ニューヨークにある自由の女神像“Statue of Liberty”は、アメリカのイギリスからの独立百周年を記念して、フランスから贈られた。それはイギリスという大きな権力からの自由を祝福したものだった。

けれども、「自由」という漢字が持つ意味には、この二つの「自由」と、微妙な、しかし、無視することのできない違いがある。それは「自ら」に「由《よ》る」こと。どこまでもほんとうの自分に忠実であろうとすること、己れの内心の声に素直に生きようとすることだといっていい。

英語の「自由」は、いつも他者から勝ち取り、あるいは与えられるものであるのに対して、日本語の「自由」は、自己の内に見出《みいだ》すものだといえる。真の意味において自由であろうとするとき、他の人がそのことをどう考えるかに悩まされる必要はないのかもしれない。

『生きがいについて』の本のなかでも、「自由」はとても大きな問題だった。「自由な感じこそ生きがいを感じるために、どうしてもなくてはならない空気のようなものであろう」と書いたあと、神谷はこう続けている。

それがどんなに必要なものであるかは、これも「欠如態」になってみないとわからない。であるから共産主義にせよ、軍国主義にせよ、全体主義的統制のもとに日常生活をきびしく規制されている国の青年ほど、自由へのあこがれを強く意識しうるし、牢獄につながれているひとや、小さな島にとじこめられているひとほど、自由という

もののの実体をまざまざと感じるのである。　（前掲書）

生きがいの発見に自由はなくてはならない。だが、ここで神谷が書いているのは、何の制約もなく生きているよりも、自由であることに苛《さいな》まれているような状態にあるとき、人はいっそう深く自由を認識する、という事実だ。

そうなると、ぼくたちはある苦しみのなかでも――あるいは苦しみのなかだからこそ――自由を真の意味で実感し、そこに生きがいを認識する、といえるのかもしれない。

この指摘は重要だ。生きる意味が脅かされるような状態にあるとき、人は、その一方で生きがいと新しい関係を結ぶように促されているのかもしれない、と彼女はいうんだ。

たしかにそうかもしれない。ぼくたちが、この世に生きていることのほんとうの意味を知るのは、この世の生命は、自分の自由にできないことを知ったときかもしれない。

君がどんなにある人のことを大切に感じていても、その人との生活を、君が願うように永続させることはできない。誰かを大切に思えば思うほど、大きな不自由に直面する。しかし、そのとき君は、その不自由さえも包み込む、大いなる自由を、これまでとはまったく異なるかたちで実感するのではないだろうか。

「ひとの自由をしばるものは、こういう外側のものばかりではない。人間の心のなかにある執着、衝動、感情などが、外側のものよりも、なお一層つよく深刻にひとをしばりつける」と書いたあと、神谷は次のように続けた。

奴隷のエピクテートスが精神的に自由人でありえたのは、何よりも彼が自己に対する自由を持っていたからである。また対人関係も、愛情や恩や義理などの力でひとを精神的な奴隷にする。その他、時間や運命などまで考えに入れたら、人間が自由を発揮する余地はどこにあるかと問いたくもなる。たしかに、自由を得るためには、さまざまの制約に積極的に抵抗を試みなくてはならない。それが大へんだから「自由から逃走」することにもなる。（前掲書）

文中にあった**エピクテトス**（五〇頃〜一三五頃）は、古代ギリシアのストア派の血脈を継ぐ、ローマ時代の哲学者だ。しかし、社会的身分は奴隷だった。ストア派の哲学は、真の自由を探究したものだといえる。

先の一節にもあるように、ぼくたちは社会的な制約だけでなく、怒りや憎しみという感情によって自分をしばりつけることもある。エピクテトスはそのことを自覚し、そこから脱却しようとした。多くの生活上の拘束のなかで、真の精神の自由を見出していこうとする姿とその言葉は人々の心を強く打った。その言葉は、今も読み継がれている。

自由は、生きがいと同じく、与えてもらえるものではないらしい。表面的な自由を与え、与えられることはできても、その経験を他者が実現することはできない。それを人がどのように実感しているのかを考えるとき、自由という概念を考えるのではなく、自由を感じているさまを想い出せばよい、と神谷はいう。

さて自由とは何か、とひらき直ればむつかしいことになるが、自由な感じといえば、わかりやすい。山の頂きに立って、大空を仰ぎ胸をはり、思いきり大気を吸いこむ。下界の一切の束縛をはなれて、のびのびと呼吸ができる。高い木の上にとまっている小鳥のように、自分からどこへでも飛んで行けるような、その主体性、自律性の感情。

（前掲書）

身体的には深く呼吸ができること、そして、未来に向かって飛翔できると感じること、そして、主体性と自律性、すなわち、私は私であってよい、私はどこまでも私であるほかない、と深く感じることだというんだ。

『生きがいについて』のはじめに神谷は、生きがいをもっとも確かに感じるのも「感情」

だと述べている。こうしてみると「生きがい」と「自由」というのは、一つの何かを別なところから見た呼び名の違いに過ぎないようにも思えてくる。

わざわざ研究などしなくても、はじめからいえることは、人間がいきいきと生きて行くために、生きがいほど必要なものはない、という事実である。それゆえに人間から生きがいをうばうほど残酷なことはなく、人間に生きがいをあたえるほど大きな愛はない。

(前掲書)

『生きがいについて』の第一章にある一節、ここでの「生きがい」を「自由」に変えることができるかもしれない。「生きがい」も真の意味での「自由」もなくてはならない。でも、それを他者が与えることはできないんだ。

誰も他者に生きがいを与えることができないのは、その人が深く実感しているかどうかは別にして、すでに自分自身のなかに在るからなのかもしれない。ぼくたちの人生の根本をなしているものは、誰かに与えられるのではなく、内なる世界にすでにあって、発見していくものなのではないだろうか。

見つけられないものは、無いも同じだと感じるかもしれない。だが、ほんとうにそうだろうか。ある人が、君のことを深く愛しているとする。君に無私の愛を注ごうとしている。でも、そのことを君は知らない。そのとき、この世にその愛は、存在しないことになるのだろうか。

『生きがいについて』で神谷は、**ユージェニー・ド・ゲラン〔ウジェニー・ド・ゲラン〕**（一八〇五～一八四八）という女性が日記に書いた「だれか一人のひとのために希望を持ったり恐れを抱いたりすること。それだけが自分がほんとうに生きているという完全な感じを人間に与えるものなのだ」という一節を引用している。

何か大きな目標をもち、それを成し遂げるのでもなく、世に認められるような立場に立つのでもなく、自分以外の人間をおもい、そこに無私の愛を注ごうとするとき、人は、真の「生きがい」を発見する、というんだ。

この女性にとって、その「一人」は、弟だった。彼女の弟への愛は、彼が生きているときだけでなく、亡くなってからも続いた。生死を超え、他者の幸福を願い続けること。ここにも「生きがい」を発見する道がある。また、先の一節をふまえ、神谷は、無私の愛のありようをめぐって、ある鮮烈な言葉を書き記している。

真の愛は他の生命を伸ばそうとするものなのであるから、なんらかの意味で自己の

身をけずらないですむような愛は、愛という名に値しないといえる。（前掲書）

ここで「自己の身」と記されているのが肉体でないことは、改めて書くまでもないと思う。それは心を含む「心身」であり、「全身」にほかならない。何かを得ようとするのではなく、内なるものを捧《ささ》げようとするとき、人は、思いもしなかった生の充実を感じる、と神谷はいう。

ぼくは、彼女についてあまり多くのことを知らない。でも、ここに記されていることはほんとうだ。君は、君の無私の何かを誰かに捧げるとき、君もまた、君のうちから湧き出る愛の炎によって生きるちからを得ることがある。

『生きがいについて』という本は、ぼくの人生を変えた。この本を読む前のぼくと、読んだあとのぼくは、まったく違う。単なる比喩《ひゆ》ではなく、その出会いによって救われたようにさえ感じている。

この本を読んでぼくは、「生きがい」という表現の傍らで、彼女が熱く愛を語る姿にも心打たれた。いま、正面から愛を語る人が少なくなった。たとえそうであったとしても、ぼくたちの日々の生活に愛が必要なのは変わらない。

「生きがい」が世にその姿を顕《あら》わすためにも、また、「自由」を深く実感するためにも愛を欠くことはできない。別な言い方をすれば、「生きがい」や「自由」が存在するところには必ず、愛が存在する。もしかしたら、ぼくたちがほんとうに発見しなくてはならないのは、「私の生きがい」や「私の自由」よりも、何ものかからの愛なのかもしれない。

これから
世の中に出ていく
君たちの胸には
たくさんの

希望や喜びの
予感があるのかも
しれない

でも　ぼくは
君たちが
希望と喜びと一緒に

いくつかの

大切な悲しみに
出会うことを
願って止まない

真の悲しみは
本当に愛した者を
失ったときにだけ　経験できる
稀有な出来事

悲しみは　いつの日か
愛《かな》しみとなって　美《かな》しみへと
姿を変じる

そのとき君は

君のままでありながら
新しい君に　生まれかわるんだ

若い頃は、ベッドで小説や哲学書を読むのが楽しみだった。楽しいときばかりでなく、生きていく困難を感じるとき、物語や真理に糸口を求めた。

でも、五十歳を意識し始めるころから枕頭《ちんとう》にある本の種類が変わってきた。詩歌を読むようになってきた。

人生に答えはなくてよい。そんな言葉に深く慰められるようになった。そして、自分を慰める言葉と出会えないときは、自分で書くようになった。

そして、容易になぐさめられない夜は、なぐさめの泉とは、どこかにある不朽の水源のことではなく、自らの胸を流れる、見えない涙のことをいうことも分かるようになった。

君も、ぼくへの手紙だけでなく、何か詩を書いてみて下さい。必ず書けます。これから生まれてくる幾篇かの詩が、ぼくの眼にはありありと見えるようにすら感じられる。

不安定な気候が続きます。他の人だけでなく、自分を労《いたわ》ることも忘れないで下さい。それではまた。

コトバのちから

もうずいぶん前のことだが、思想家の高橋巖《たかはしいわお》（一九二八〜）さんと話しているときのことだった。何の話題になったか忘れたが、ふと彼がもらした言葉を忘れることができない。

「人は、心からも血を流しますからね」

どんな脈絡だったか、その前後の言葉も覚えていないが、この一言を耳にしたときの、これまで気が付かなかった、心の深いところが動く、そんな存在のゆれのような感覚は、今でもはっきりと覚えている。

「高橋巖さん」と書いたけれど、この人物の前でぼくは「高橋さん」と呼んだことは一度もない。自然に「先生」という言葉が口から出る。ぼくにとってはとても大切な人なんだ。先生をめぐっては、また、別の機会に詳しく書きたい。ただ、同時代でもっとも尊敬し、敬愛する思想家であることを君が分かってくれれば、今はそれでいい。

さて、君はどう思う。心からも血は流れるのだろうか。こう訊《き》いた方がいいのかもしれない。君の心も血を流したことがあるだろうか。あるいは、君は、君の大切な人の心から流れる血を視たことがあるだろうか。

ぼくたちはしばしば、心が傷ついたという。心から血が流れているとまではいわないが、心の傷は癒《い》えないという言葉にはしばしば出会う。

心の血は、目に見えず、手でふれることもできない。それを五感でとらえることはできないが、感じることはできる。

目で見ることはできなくても、「眼」で「視る」ことはできるのかもしれない。

「眼」という言葉は、不思議な言葉だ。心眼という言葉があるように、「眼」は目に見えないものを「視る」。心から流れる血——血だけでなく涙も——は、目をはたらかせているだけではそれをとらえることができない。そのためにぼくたちは「眼」を開かなくてはならない。「開眼」とは、目には見えない世界を見通す「眼」が開かれることにほかならない。

君の心から血が流れるなら、君の大切な人の心からも血が流れることはあるはずだ。君の心から涙が流れるなら、君の大切な人の心からも、涙が流れることがあるだろう。

でも、どんなに目を見開いても君はそれを見ることはできない。君は、大切な人の苦し

み と悲しみに気が付かない。こんなにつらいことがあるだろうか。

大切な人の心が血を流しているとき、ぼくはそれに気が付かないで、冗談を言いながら笑い話をしているかもしれないんだ。こんなに自分の愚かさを怨《うら》まねばならないことがあるだろうか。

心の血を流している人は、耐えがたい苦しみを生きている。心で涙を流している人は、深い悲しみを生きている。でも、こうして苦しんでいる人が、いつも嘆きの声を発しているわけではない。

悲しい人は号泣しているとは限らない。苦しそうな、あるいは悲しそうな素振りを見せないで、毎日を生きている。笑っていることだってある。笑っていないと、いのちの火を、燃やし続けることができなくなるからだ。

肉体が傷つくと赤い血が流れ、痛みを覚える。だからぼくたちはその傷を癒《いや》そうとする。もしも血が透明で、痛みもなければ、気に留めることもないだろう。でも、癒されることのないまま露出した傷がいずれ、全身をむしばむような病の原因になることは容易に想像できる。

痛みは、単に傷があることを知らせてくれるだけではない。ぼくたちが、癒されなくてはならない状況にあることを教えてくれている。

高橋巖さんとも交流のある染織家で、随筆家でもある志村《しむら》ふくみ（一九二四〜）さんが、心の傷をめぐって、とても印象的な言葉を残している。

「志村ふくみ」さん、と書いたが、この方といるときも「先生」という言葉が自然に口から出る。この二人は、ぼくが同じ時代に出会ったほんとうの意味での「先生」だ。このお二人との出会いをめぐっても、君にはちゃんと伝えておかなくてはいけないね。

ライナー・マリア・リルケ（一八七五〜一九二六）という詩人がいる。リルケは、ぼくの恩人だ。この詩人の言葉によってぼくは、失意の底からはいあがることができた。この詩人の言葉にそれほどのちからがあると教えてくれたのは高橋さんだった。

志村さんもリルケを愛読している。人生の困難にあるときもこの詩人の言葉を羅針盤にして生きてきた。

リルケは詩人として知られているけど、『マルテの手記』という小説も残している。「マルテという人間は私にとって見捨てることのできないどこか共通の傷口をもっていることは否定できない」と志村さんはいう。

徒歩で長く旅をすれば、知らないあいだに足に傷ができる。負傷と治癒を繰り返し、そこに傷跡が残る。やはり徒歩で旅をするほかの人がその傷跡を見れば、その人に関する詳しいことを知らなくても、ある種の共感を覚えるのかもしれない。それに似て、ある生き方をした人は、心の同じ場所に傷をもっているというんだ。
先の言葉に彼女はこう続けている。「その傷口に一旦触れたものがそのまま血や膿《うみ》が流れるままに目をつぶることができようか」（『晩禱　リルケを読む』）
「視た」ものを「視なかった」ことにはできない。むしろ、志村さんは、心の傷によって自分とマルテ――それはリルケでもある――は、時代を超え、文化や言語の差異を超え、深く結びついているというんだ。
同じ本で志村さんは、『マルテの手記』との出会いをめぐってとても印象的な言葉を残している。「今やっと『マルテの手記』を読み終り、故しらぬいとしさが湧いてくる」と書き、こう続けた。

それはマルテだけではない。この世に無数にいる、消えていった人間の、かたい殻を背負ってこつこつ歩いている姿に対して、切なさの底に湧いているかすかな温かさだ。今でも夜明けに蒲団の中からそっと手を出してこの本をまさぐる。こんなはずではなかったと諦めきれず、とうとうめぐり合えたこんなはずの唯一の書だった。

（『晩禱　リルケを読む』志村ふくみ）

志村さんはこう書いてもよかった。私は、マルテが残した手記のなかに、自分では語り得なかった己れを見た、と。「マルテ」という小説中の人物は、内界のリルケだ。同時に己れの苦しみや悲しみをめぐって、多くの言葉でそれを語ることがないまま、世を後にしなくてはならなかった、無数の人々の心の集合体でもある。『マルテの手記』とは、小説の姿をした、名も無き人々の告白の結晶にほかならない、と志村さんは感じている。

古今東西を問わず、真に詩人と呼ばれる人にとって「書く」とは、単に自分のおもいを表現することではなかった。それは語られることのなかった人々のおもいを引き受けることだった。

未知なる者から言葉を託されること、それが詩人の使命だった。ぼくたちは、あまりに自分のために言葉を用い過ぎているのかもしれないんだ。

長編詩『**ドゥイノの悲歌**』でリルケは、自分にとって詩を書くとは、天使と死者から言葉を委託されることだと歌っている。『マルテの手記』にも同じはたらきは生きている。マルテが「僕」というとき、そこには幾多の人間の思いが折り重なっている。

僕はまずここで見ることから学んでゆくつもりだ。なんのせいか知らぬが、すべてのものが僕の心の底に深く沈んでゆく。ふだんそこが行詰りになるところで決して止

らぬのだ。僕には僕の知らない奥底があある。すべてのものが、いまその知らない奥底へ流れ落ちてゆく。そこでどんなことが起るかは、僕にちっともわからない。
（『マルテの手記』リルケ／大山定一訳）

旅をしようとするとき、ぼくたちは遠くへ行こうとする。でも、マルテは違う。彼にとって旅とは、内なる世界を旅することだった。

広島や長崎、あるいは水俣のような歴史に大きな痕跡《こんせき》を残した場所に行くと鮮明に感じることができるが、ぼくたちには、その土地に刻まれた悲しみの記憶を認識するちからがある。マルテは、それを内なる世界、内なる場所で行おうとする。

外界という言葉が、その人の立っている場所を示す言葉と同じではないように、リルケにとって内界とは、単に自分の内面を指すのではない。外界では肉体によって他者と交わる。それと呼応するように内界では心によって交わりを持つことができる。外界が果てしない宇宙にまで広がっているように、内的な宇宙が存在する、それがリルケの世界観だった。

もしリルケの認識が正しければ、ぼくたちは外界の歴史だけでなく、内界の歴史も考えなくてはならない。外界の歴史は、文字で書物に記されている。しかし、内界の歴史は、言葉とは異なるコトバによって人間の意識に刻まれている。

コトバの歴史を言葉に移しかえるという、ほとんど不可能だと思われる営為に挑むこと、それが詩人の使命だ。

ぼくたちはさまざまなところでコトバにふれる。花の姿、花の色、花の香り、花が語りかける無音の声、これらはすべてコトバだ。詩を書くとは、無音の旋律というコトバを言葉という器に移しかえる技法を、身につけることだといえるのかもしれない。

もちろん、成功するとは限らない。むしろ、失敗することの方が多い。そうだとしても、失敗のあとを見ることで、ぼくたちはそこにすくい上げるべき何かの存在を知ることはできる。むしろ、詩の歴史とは、そうした挑戦の歴史だというべきなのかもしれない。

君に、詩を書いた経験があれば素晴らしいし、無くてもまったくかまわない。ぼくだってあるときまでは、自分が詩を書くようになるとは思わなかった。でも、もし君が本気になれば、詩の道は必ず開かれている。リルケや彼の同志たちが切り拓《ひら》いてくれた道は、ぼくたちの前にも大きく開かれている。

詩を書くようになって、いちばん驚いたのは、世は詩を書かない詩人たちであふれているのに気が付いたことだった。

「無声の詩人には一句なく」と**夏目漱石**（一八六七～一九一六）が『**草枕**』に書いている。

詩は、文字ではなく、旋律となってぼくたちのこころをかけめぐるというのだろう。漱石の言葉はほんとうだ。世界は、語らざる詩人に満ちている。自分もまた詩人であることを自覚しないまま生きている人であふれている。同じ作品で漱石は「明暗は表裏のごとく、日のあたる所にはきっと影がさすと悟った」、光と影はいつも分かちがたく存在する、そう書いたあと、次のように続けている。

喜びの深きとき憂《うれい》いよいよ深く、楽《たのし》みの大いなるほど苦しみも大きい。これを切り放そうとすると身が持てぬ。片づけようとすれば世が立たぬ。

（『草枕』夏目漱石）

喜びのあるところには、同じ深さで憂いがある。真の楽しみを感じ得る者は、どこかで労苦の経験を積んでいる。喜びと憂い、楽しみと苦しみを分かつことはできない。それはある一つの大きな感情の、二つの側面だというのだろう。

もし、君が誰かを真剣に愛すれば、その人との別れは悲しみの原因になる。つまり、誰かを愛するとは、見えないかたちで悲しみを育《はぐく》むことにほかならない。愛すれば愛するほど、悲しみは深くなる。

真の己れに出会うという旅にあるときも、ぼくたちの心はしばしば傷つくが、愛する人を喪《うしな》うときも、心から血が流れる。でも、漱石の言葉がほんとうなら、ぼくたちはそれを耐えがたい痛みとしてだけでなく、情愛の証《あか》しとして受け取ってもよいのかもしれない。愛がないところに痛みはないからだ。

「心から血が流れる」という一言は、ぼくの世界を変えた。苦しみと喜び、悲しみと愛は、一つのものの二つの側面であることが分かってきた。

言葉で世界が変わるなんて、大げさに聞こえるかもしれない。でもほんとうだ。言葉は世界を変え得る。むしろ、言葉こそ、世界の在りようを根底から変える「ちから」を持っている。ここでいう「ちから」は、物を動かす物理的な力、いわゆる動力とは違う。動力は、その大きさを測ることができる。しかし、「ちから」を数値化することはできない。「ちから」は見えないが、たしかに存在する。

こうして君に手紙を書いて、ぼくが伝えたいと願っているのもコトバのちからなのかもしれない。記号としての文字を超えた余韻や響きをも伝えられるコトバのちからを確かめてみたい。そして、そのちからは、信じるに値する何かであることかもしれないとも思う。

きっとぼくの身体が、君と向き合うことはない。でもぼくは、今自分が書いている言葉が、君の心に届くことを疑わない。

文字を書いたぼくの身体がなくなっても、コトバは無数の人のなかから、心で受け止めてくれる君を探し出すような気がしている。

コトバが、自らを受け取る者を決める。これがこの世界の叡知《えいち》の伝統の根底にあるはたらきかもしれないんだ。

ある種の書物は——もちろん、すべてではない——読み手が何を読むか決めるのではなく、書物が、読み手を決める。書物は、人間が生きているというのとは、別な姿で「活きている」。そう感じている人がいる。ぼくがもっとも影響を受けた小林秀雄という批評家もそのひとりで、彼は、こうしたコトバのはたらきをめぐって、ある不思議な言葉を残している。

「幾時の間にか、誰も古典と呼んで疑わぬものとなった、豊かな表現力を持った傑作は、理解者、認識者の行う一種の冒険、実証的関係を踏み超えて来る、無私な全的な共感に出会う機会を待っているものだ」、いつの間にか、世人が躊躇《ちゅうちょ》なく「古典」と呼ぶような書物、すなわち「豊かな表現力を持った傑作」は、証明不可能なちからを有している、と述べたあとこう続けている。

機会がどんなに稀れであろうと、この機を捕えて新しく息を吹き返そうと願っているものだ。物の譬《たと》えではない。不思議な事だが、そう考えなければ、或《あ》る種の古典の驚くべき永続性を考える事はむつかしい。宣長が行ったのは、この種の冒険であった。

（『本居宣長』小林秀雄）

人が書物を書き、人が書物を探すのではなく、コトバが人を用いて書物を生み、コトバは、真に自分と向き合ってくれる読み手の存在をじっと待っている、と小林は考えている。

先の一節にあった「宣長《のりなが》」とは、**本居《もとおり》宣長**（一七三〇～一八〇一）のことで、彼は、それまで人々がほとんど読むことができなかった**『古事記』**を解読し、**『古事記伝』**としてまとめ、世に送り出した。

もしかすると君は、宣長がどのようにして『古事記』と出会ったか、と考えるかもしれない。だが、小林秀雄の眼は異なるところにあって、『古事記』――より精確にいうと、『古事記』であるコトバ――は、いかにして宣長を見出《みいだ》したかを考える。

人が書物を見つけるのではない。書物こそが人を選ぶ。どんなに奇妙に聞こえようと、こうした出来事によって叡知が伝承されてきたことを否定することはできない、というんだ。

いつだったのかは思い出せない。でも、あるときから本が、ぼくは世にいう「書籍」ではなく、「手紙」のように感じられるようになった。見えない文字でぼくの名前が記されていて、それが思いもしないときに手許《てもと》に届くんだ。

これまで君に送った手紙のなかで引用した言葉は皆、ぼくの前に、どこからともなくやってきた「手紙」のような本にあったものばかりだ。

「書籍」の文字を追うときと、「手紙」を読むときの態度は同じではない。とくに大切な人からの手紙の場合は、記された文字の奥に、記され得なかった沈黙の声を聞こうとする。そのとき「読む」という行為は、言葉を超えたもう一つのコトバを心の耳で聞くことになる。

心眼が見えないものを視るように、心耳という隠された耳は、無音のコトバを聴く。このとき、読書は文字によって刻まれた知識を得ることではなく、コトバのちからによって時空の壁を超えた、心と心の対話になる。

君は、いつどこで本を読むことが多いのだろう。特に決まっていない、というかもしれない。でも、こう尋ねたらどう答えるだろう。君は、いつどこで「ひとり」になろうとすることが多いのだろう。

読むとき、書くときに人は、気が付かないうちに「ひとり」になる。むしろ、「ひとり」になりたいとき、ぼくたちは無意識に本やペンを手にしているのかもしれない。

若い頃は寝る前に、ベッドで小説や哲学書を読むことが多かった。生きて行く困難を感じるとき、物語や真理に糸口を求めたんだと思う。かつては物語の世界に浸って、読み疲れ、部屋の電灯もつけたまま、寝ていることが少なくなかった。

でも、大厄を越えたあたりから、ベッドサイドにある本の種類が変わってきた。詩や歌を読むようになってきた。今は、一つの詩を読み、その余韻を味わうのが、寝る前の読書になった。

多く語れば、たしかにおもいが伝わるわけではない。むしろ、過剰な言葉は、おもいを変質させる。君も経験があるかもしれない。過ぎた言い訳は、何も言わなかったときよりも状態を悪化させる。

読書にも同じことがいえるのかもしれないことに気が付いたのは、そう遠い昔のことではない。たしかに多く読めば、たくさんのことを知ることができる。君がもし、多くの情報に接したいなら、ひたすら多くの本を読む、という道もある。でもそれとは別に、あまり長くない、同じ文章を何回も読む、という読書もある。

十九世紀イギリスの詩人に**ジョン・キーツ**(一七九五〜一八二一)という人物がいる。二十六歳になる前に病で亡くなった。キーツは、優れた書き手だっただけでなく、とても独創的な読み手だった。彼が書く言葉は、特異な読みによって支えられていたといってもよいように思う。一八一七年四月十八日、彼が友人に宛てた手紙には次のような一節がある。

――この二十三日はシェイクスピアの誕生日だが――もしもその日に、君からの手紙と弟たちからの手紙を手にすることができれば、とても素晴らしいことだ――手紙をくれる時には必ず、君が新たな感銘を受けたシェイクスピアの一節について一言でも二言でも触れて下さい。新たな感銘は同じ作品を四十回読んでも、いつも必ず受けるのだから――

(『詩人の手紙』ジョン・キーツ/田村英之助訳)

このあと、キーツはシェイクスピアの一節を引用している。キーツのように作品全体を読むのもよいかもしれない。でも、ぼくたちは、ある一節を繰り返し読むのでいいと思う。あるときまで気が付かなかったけれど、多くの言葉ではなく、ある質量――ある重み――を感じる言葉を摂《と》りいれてから休むことが多くなっていた。詩集を一冊読むのではなく、一篇の詩を読むことでも、コトバの世界の深みにふれることができるようになっていた。

でも、からだが疲れると、とたんに本は読めなくなる。詩を読んでも手応《てごた》えを感じることができなくなる。そんなときは、自分で詩を書いて休むことも少なくない。かつては寝る前に「読む」ばかりの生活だったが、今では「書く」ようにもなった。

かつては、自分以外の人の言葉を摂りいれて寝たけれど、今は、心の井戸のようなところから自分で水を汲《く》みあげ、それを飲んで寝るようになったのかもしれない。

「書く」ことが身近になる前は、水はどこかから見つけてこなくてはならなかった。でも今は、自分のなかに小さな水源があるのが分かった。誰もが言葉の水源をこころのなかにもっているんだ。

のどが渇くように、心が渇くことがある。そうしたとき、ぼくたちは本を読むこともできる。でも、書きながら、自分の言葉を読むこともできるんだ。

君がよいコトバに出会えますように。願わくは、本のなかだけでなく、自分が書いた文字のなかでも。無事を祈ります。

自由の危機

今、ぼくたちは危機の時代に生きている。そう言ったら、君はどう思うだろうか。以前に同じ話をしたとき、格別、身の危険も感じない、日本は他国と戦争をしているわけでもない、あえて「危機」なんて大げさな言葉を使う必要もない、という声を聞いたことがある。君は、今ぼくたちを取り巻いている空気をどう感じているのだろう。

危険と危機は、違う。「危険」という言葉は、危険物という表現があるようにぼくたちの身体や生活を損なうものに用いられる。だが「危機」は、ぼくたちの存在そのもの、精神、あるいは、「いのち」に係《かか》わる事態が脅かされるときに用いる言葉のように感じられる。

危険は、さまざまなかたちで実感でき、機械によって計測することができる場合も少なくない。でも危機を数値化することはできない。それだけでなく、危機にあるとき人は、しばしば自分が危機にあることに気が付かない。むしろ、危機であることに気が付かないのが、最大の危機だと言った方がよいのかもしれない。

誰が言い始めたのか、「空気を読む」という言葉がある。場の空気には、目に見えない「言葉」がたゆたっている、というのだろう。もちろん、「空気」はぼくたちの心を浄化するようなものばかりではない。むしろ、抑圧や強制を感じさせるものの方が多い。空気を読めない人をあげつらい、非難するような言葉は今、どこにいても聞こえてくる。

空気を読んで沈黙する。つねにそれでよいのだろうか。空気を作りだしている人たちは、むしろ、ぼくたちをだまらせるために空気を作っているんじゃないだろうか。

ここでいう危機とは、ぼくたちから自由を奪うものだ。誰も完全な自由など持っていない。しかし、自由とは何かを知っている。だから、ぼくたちはあるとき不自由を感じる。よく分からないことをいっている、と思うかもしれない。でも、ぼくたちが、言葉にすることができない不自由を感知するのは、内なる自由が侵されているからではないだろうか。本来であれば、入ってこないはずの風のようなものが、その人自身しか入ることのできない「自由の部屋」とでも呼ぶべき場所に入り込んできているからじゃないだろうか。

もちろん、ここでいう「自由」は、自分の思うまま、ということではない。それは「わがまま」であり「放埒《ほうらつ》」な状態に過ぎない。英語では自由という言葉は、“freedom”と“liberty”に大きく区別されることは以前にも書いた。

でも、日本語の「自由」は“freedom”と“liberty”のどちらかではなく、この二つが折り重なったものなのかもしれない。それは「自らに由《よ》る」という語感だ。人は誰も、真の自己に忠実であるとき、ほんとうの意味で「自由」だといえる。

どんなに尊敬する人であっても、どんなに深く信頼する人であっても、その人に「由って」いるとき、どこか不自由さが残る。それは生のぎこちなさといってもよいかもしれない。真の自分に出会うという貴い使命をもって生まれてきているのだから、どんなに偉大な人であっても、別の誰かになろうとしても虚《むな》しい。

先人の存在が無意味なのではない。ただ、先行者はどこまでも対話するべき相手であって、模倣すべき対象ではない。さらにいえば、ぼくたちが誰かを真似しようとするとき、その対象も、その人自身ではなく、ぼくたちの憧《あこが》れという眼鏡を通してみた、一種の偶像に過ぎない。

自由でありたければ、人真似をしないことだ。自由に書きたければ、誰の真似もせずに自分の生きた言葉で書けばよい。憧れている人の文章に似せようと思ったとき、その熱意が強ければ強い分だけ、君はほんとうの自分から遠ざかって行く。

人は、ほんとうの自分になることで、「個」を確立する。深層心理学者のユングは、こうした現象を「個性化（individuation）」と呼んだ。「生きる」とは、自由の土に「わたし」という世界でただ一つの「花」を咲かせることだともいえるかもしれない。自由は人生の土壌だ。土がなければ、どんなに種子をまいても何も変化は起こらない。

現代人が用いている意味での「自由」という日本語は、新しく、その発生には諸説があるけれど、幕末から明治初期に生まれた翻訳語であることは確かだ。定着したのはイギリスの思想家**ジョン・スチュアート・ミル**（一八〇六～一八七三）の『**自由論**』（一八五九／原題：On Liberty）が、思想家中村正直《なかむらまさなお》によって『自由之理』（一八七二）と翻訳されたことが決定的な出来事になった、といわれている。

書名にあるように"liberty"とは何か、あるいはミルの時代にどうしたら"liberty"が新生し得るかが論じられている。書名に"liberty"の文字を冠した著作だが、本文には"freedom"という言葉もしばしば出てくる。

たとえば、「宗教的自由（religious freedom）」あるいは「良心の自由（freedom of conscience）」「結びつき（あるいは絆《きずな》）の自由（freedom to unite）」「意見と感情における絶対的な自由（absolute freedom of opinion and sentiment）」という表現に遭遇する。

だが、ここで論じられているのは、こうした内的な自由ではない。それらを包含《ほうがん》しつつ、あくまでも理念的自由ではない、どこまでも現実的な「市民的ないし社会的な自由

（Civil, or Social Liberty）」が核となって論が進む。さまざまな内なる自由を包含しつつ、社会的な自由が保証されなくてはならない。そのために人はどう考え、何をなすべきなのか。それがミルの根本問題だった。

『自由論』でミルは、自由とは何かを改めて考えてみるべき理由をめぐって次のように述べている。

> 思考の自由〔freedom of thinking〕が必要であるのは、単に偉大な思想家〔thinker〕を作りあげるため、もしくは主としてそのためというのではない。むしろ反対に、普通の人間を彼らの到達できる限りの精神的高度に到達することを得せしめるためにも、同様に不可欠なのであり、否、むしろより〔偉大な思想家が誕生すること〕以上に不可欠なのである。
>
> （『自由論』ミル／塩尻公明・木村健康訳　※亀甲《きっこう》括弧内は筆者）

先の一節にあった「思考の自由」には、思想、信教の自由、言論の自由も包含すると考えてよいと思う。この世界で、そうした「自由」が必要なのは、歴史に名を残すような思想家を生むためではない。市井で生きている個々の人間が、内包するそれぞれの可能性を限りなく豊かに開花させるためにほかならない。むしろ、思想家は不自由な時代にも生まれてきた、とミルはいう。自由が守られなくてはならないのは、どこまでもぼくたちのような、市井に生きている者たちのためなのだ。

これはほんとうだ。この一節にふれるだけでも『自由論』を繙《ひもと》く価値がある。この本が、今日《こんにち》もなお、読み継がれているのは、この世界、あるいは歴史が世にいう天才や英雄、あるいは為政者や権力者たちのものではなく、どこまでも民衆のものであることを強く訴えているからでもある。

自由は無くてはならない。それは土でもあるが、いわば光でもあり、空気でもある。自由がなければ「花」は咲かない。自由の花が咲くのを拒むもの、ミルはそれを「精神的隷属の一般的雰囲気」だという。気が付かないうちにぼくたちを呑《の》み込む同調圧力を醸し出している「空気」こそ、自由を根絶やしにするというんだ。

空気が汚染されれば、「花」もその影響を受ける。でも、日ごろから空気に関心を払っていなければ、汚染の度合いが、かなり深刻になるまで、ぼくたちはその変化に気が付かないかもしれない。

もちろん、それは自由も同じだ。自由とは何かを考えてみなければ、また、自由を深く感じ直してみなければ、それが自分の手から奪われたとしても、気が付くことはないだろう。

失われたことに、鋭敏に気が付くことができるのは、その対象を一度なりとも、ある深度で味わったことのある者だけだ。別ないい方をすれば、人は真に出会ったものだけを守ることができる。

こうした自由の法則は、危機にあって、わが身を守ろうとするときにも適用される。自由である自分を知っていれば、迫りくる強制や束縛によって不自由を感じ、そこからどうにかして脱け出そうとするだろう。だが、自由とは何かを認識できていなければ、不自由がどれほど身に近く迫っていてもそれを避けようとはしないし、避けることもできない。不自由を感じる者だけが、自由を取り戻すためにたたかうことができるといってもよいのかもしれない。

市井の人が自由を求めることは、その人自身を「個性化」するだけでなく、「支配者が社会の上に行使することを許された権力に対して制限を設けること」にもなる、とミルはいう。別のいい方をすれば、ぼくたちが自由を希求することをやめ、隷属すれば、支配者は、ぼくたちの想像をはるかに超える権力を有することになる、というんだ。

こうしたミルの警告がありながらもヨーロッパは、およそ無制限という言葉を付したくなるほどの権力を特定の人間、あるいはその周辺にいた人々に許した経験がある。一九三三年に始まるドイツにおけるナチス・ドイツ政権下でのことである。当然のことながら、社会の秩序は崩壊した。

ナチスによる一党独裁となったドイツでは、党首ヒトラーとその側近たちが作りだした虚言によって世界が作られていった。理由なき差別、理由なき断罪が日常と化した。なかでももっとも過酷な経験を強いられたのはユダヤ民族だった。彼らはユダヤの血を引くというだけで強制収容所へと送られた。そこで待っていたのは、強制労働と死である。こうした大量虐殺を「ホロコースト」という。

「ホロコースト」はギリシア語で「すべて（holos）」と「焼く（kaustos）」に由来する。ナチスが殺害したユダヤ人の数は正確には分からない。五百万人以上であることはおそらく確実で、さらに多かったとする説もある。文字通り、無数の人が亡くなった。でも五百万、六百万という数字は遺体の数であって、人間の存在の根底をなしている「いのち」はけっして数値化されない。それはいつ、いかなるときもかけがえのない「一」であり、定量化されることを拒む。

君の大切な、あの人は、世界にいる何十億の人たちのうちの一人ではないだろう。これまでも、これからもけっして現われることのない、ただ一つの「いのち」のはずだ。かけがえのない「いのち」であるはずなのに、どうしてあれほど残忍な喪《うしな》われかたをしなくてはならなかったのか。その道程を如実に伝える詩句がある。この言葉を残したのは自身も強制収容所に送られたマルティン・ニーメラー（一八九二〜一九八四）というドイツ人の牧師だ。

最初　彼らが共産主義者たちを攻撃したとき
私は　声をあげることはなかった
私は　共産主義者ではなかったから

彼らが　ユダヤ人を攻撃したときも、
私は　声をあげなかった。
私は　ユダヤ人ではなかったから

彼らが　労働組合員たちを攻撃したときも、
私は　声をあげなかった
私は　労働組合員ではなかったから

彼らが　カトリックのひとたちを攻撃したときも、
私は　声をあげなかった
私は　プロテスタントだったから

そして　彼らの攻撃が私に及んだとき
私のために声をあげてくれる人は　もう
誰一人残っていなかった

（ニューイングランド・ホロコーストメモリアルの碑文から　筆者訳）

この作品は、当時のドイツ人の多くが、ナチスの残虐なまでの蛮行《ばんこう》を見て見ぬふりをしていた事実も傍証している。自分に直接関係ない、そうした軽い認識が、気が付かないうちに「悪」をはびこらせたというんだ。

今の日本でも「攻撃」を受けている人たちがいるのは、君も知っているだろう。ある人たちは韓国の人たちに対して、まったく敬意を欠いた言動を繰り返している。長崎の大村《おおむら》市にある「大村入国管理センター」では、ハンガーストライキの結果、体調を著しく崩し、亡くなった人もいる。ニーメラーの言葉は古びない。むしろ、日々、現実味を帯びてきているように思えてならない。

ナチス・ドイツの強制収容所の実態を描き出した『夜と霧』という著作がある。君は読んだことがあるだろうか。二十世紀に刊行され、もっともよく読まれた思想書だともいわれている。著者はヴィクトール・フランクル(一九〇五〜一九九七)という精神科医で、彼自身も収容所に追いやられたひとりだった。彼はあるところで、人を愛するとは、愛のちからによって、その人が世界でただひとりの存在であるという真実を浮かび上がらせることだ、という。

愛することによって、自分が愛する人がまさに唯一であり世界でただひとりだということが気づかれるということが、愛の本質なのです。

(『それでも人生にイエスと言う』フランクル/山田邦男・松田美佳訳)

愛は、その人のこころの奥にある「いのち」の部屋を照らし出す。これほど貴い行いがあるだろうか。真に愛された人は、自分と誰かを比べることなどしないだろう。ただ一つのものであることは、比較できない何かであるということの証明でもある。

『夜と霧』でフランクルは、強制収容所という限界状況のなかで、人はどうしたら自由に生きることができるかをめぐって書いている。フランクルが考えている自由は"freedom"でも"liberty"でもない。収容所にこれらの「自由」はない。存在するのは真の自己の声に従う、という三つ目の「自由」だ。

どんなときも人は、どう生きるかを「自由」に選ぶことができるとフランクルはいう。誰もがわが身を守ることに懸命になるほか、生き延びる手段がないような環境においても、人は他者を思いやることができる。そうした実例を一度ならず目撃したといい、次のような言葉を残している。

強制収容所にいたことのある者なら、点呼場や居住棟のあいだで、通りすがりに思いやりのある言葉をかけ、なけなしのパンを譲っていた人びとについて、いくらでも語れるのではないだろうか。そんな人は、たとえほんのひと握りだったにせよ、人は強制収容所に人間をぶちこんですべてを奪うことができるが、たったひとつ、あたえられた環境でいかにふるまうかという、人間としての最後の自由だけは奪えない、実際にそのような例はあったということを証明するには充分だ。

（『夜と霧』フランクル／池田香代子訳）

あらゆる希望を奪われ、絶望するほかない日々。そんな境遇にあっても、ある人は他者をはげまし、またある人は思いやる言葉をかけた。自分も飢えているにもかかわらず、自分よりも弱っている者を見れば、なけなしの食糧を差しだす人もいた。限界状況での「言葉」は、平常時では想像できないほどの力を持つ。一切れのパンが、崩れ落ちそうな身体には、かけがえのない糧であるように、一つの言葉が、渇いたこころには、文字通りの意味における「こころの糧」になる。

「自由」は「無私の精神」と置き換えてもよいのかもしれない。自由の地平にもっとも早く、確実にたどり着けるのは自己犠牲的であろうとすることよりも、無私であろうとすることなのかもしれない。

自己犠牲的であるとき、人は、他者を大切にしているが、自分を苛《さいな》んでいることもある。だが、無私であるとき、人は己れの人生への愛を失うことなく、他者にも愛を注ぐことができる。無私の人は見返りを求めない。そして、自分が何をしたのかを覚えていない。先のような行いをフランクルは「完全な内なる自由」と述べ、こう言葉を継いだ。

収容所にあっても完全な内なる自由を表明し、苦悩があってこそ可能な価値の実現へと飛躍できたのは、ほんのわずかな人びとだけだったかもしれない。けれども、それがたったひとりだったとしても、人間の内面は外的な運命より強靭《きょうじん》なのだということを証明してあまりある。

(前掲書)

フランクルは強制収容所のすべての人が「完全な内なる自由」を開花させ、無私の行いをしていたなどとは、いっていない。彼が強調しているのは、わずかでも、「たったひとりだったとしても」、先のような行いがあれば、人間の内には、どんな状況下でも、けっして侵されることのない「自由」が実在していることの証《あか》しになる、ということだ。

人は、ある状況下では、わが身を投げ出すという絶対的な不自由をあえて自由に行うことがある。「つまり人間はひとりひとり、このような状況にあってもなお、収容所に入れられた自分がどのような精神的存在になるかについて、なんらかの決断を下せるのだ。典型的な『被収容者』になるか、あるいは収容所にいてもなお人間として踏みとどまり、おのれの尊厳を守る人間になるかは、自分自身が決めることなのだ」とも彼は書いている。

そして、この一節のあとにドストエフスキーの言葉を引きつつ、こう記している。

わたしが恐れるのはただひとつ、わたしがわたしの苦悩に値しない人間になることだ。
（前掲書）

二十代のはじめ、会社勤めをしていたころ、フランクルの講演を聞いたことがある。講演はフランクルの生涯をまとめたもので、同時代の思想家たちとの交わりをめぐって話していた。講演の内容よりも、その姿がとても印象的だった。話されている言葉よりも、その存在がもう一つの「コトバ」となって、聴衆であるぼくたちに重層的に語りかけてくるように感じた。

「存在はいつも、言葉より決定的」「言葉だけでできることは、あまりにも少ない」（『それでも人生にイエスと言う』）とフランクルはいう。「存在」は、言葉よりもずっと雄弁である、それが彼の信念だった。

戦後、フランクルは「ロゴセラピー」という独自の精神療法を作り、それを世界に広める活動をした。ロゴセラピーは、ロゴス（言葉）、セラピー（治療）に由来する。フランクルは、人のこころの病は「意味」をたしかに認識することで治癒すると考えた。こころの病をめぐってフランクルはじつに興味深いことを書いている。病むのは「心理」であって「精神」ではない、というんだ。

精神が病気になることは絶対にありえないのです。精神的な側面は、いつでも、真や偽であり、有効や無効であるだけで、病気になることはけっしてありません。病気であったり病気になることがあるのは、心理的側面だけです。

(『それでも人生にイエスと言う』同前)

フランクルがここで「精神」と書いているのは、日本語でいう「いのち」だと思っていい。「こころ」は病むことがあるかもしれない。しかし、「いのち」はけっして病むことがない。そもそもフランクルにとって「病む」とは、「いのち」への道が閉ざされていることを指す。その道を再び照らし出すのは「意味」だというんだ。

「こころ」と「いのち」の関係は、「身体」と「いのち」にもいえる。身体は病むことがある。しかし、「いのち」はけっして病むことがない。身体は病によってそのはたらきを失うことがある、しかし、「いのち」のはたらきはけっして病むことがない。フランクルは、「いのち」は病むことがない、と考えていただけではない。「いのち」は死によっても滅びることはない、と考えていた。

「肉体がなくなってもなくならず、私たちが死んでもなくならないもの、私たちの死後もこの世にのこるのは、人生のなかで実現されたことです。それは私たちが死んでからもあとあとまで影響を及ぼすのです」と語っている。

人の死後に残るのは「実現」されたことであって、「目撃」されたことでも、「記録」されたものでもない。何を「実現」したか、自分以外の誰も知らないことも少なくない。逆もいえる。無私の人は自分の行動に関心をもたないから、「実現」されたことを知らないまま、その生涯を終えることもあるかもしれない。バラは自らが放つ香りを知らない、と近代日本を代表する思想家内村鑑三《うちむらかんぞう》（一八六一〜一九三〇）は、敬愛して止まない中江藤樹《なかえとうじゅ》（一六〇八〜一六四八）の生涯にふれ、書いている。

ここで君と考えてみたいのは、これからの人生で何を実現できるかではない。それよりも、どうしたら他の人たちが実現した、記録に残らないものを感じとることができるかなんだ。

亡くなった人は言葉によっては語らない。死者たちはつねに沈黙によって語る。もし、ぼくたちが「沈黙」のコトバを「読む」ことができるようになれば、世界はきっと、これまでとはまったく違った姿を見せてくれると思う。

先日、大きな台風がこの国をおそった。多くの人が亡くなった。台風の被害も、あまりに深刻で、今も胸が痛い。今までにない規模の台風が襲ってくると分かっていながら、どうして国は、「今まで通り」の体制しか組まなかったのだろう。この国はいつも悲劇が起こってから、そこに手当てをしているような気がする。ぼくだけなのかもしれないが、そうした動きにフランクルのいう「愛」を感じることができない。

いつも無事で元気でいてください。君の「存在」だって「いつも、言葉より決定的」に重要なんだからね。

いつくしみの手仕事

人間は、優しい方がいいに決まっている。優しいという言葉は「優《すぐ》れている」という意味に近いことも、言葉の歴史は無音のまま伝えてくれている。でも、優しいということと、いつくしみ深いということは少し違う。

君はもう十分に優しい。だから、今日は君と「いつくしみ」という問題を考えてみたい。優れているとか優れていないとか、そうしたことがもう、問題にならない、もう一つの世界を少し掘り下げてみたいんだ。

困っている人に手を差し伸べる、そんな優しい人たちが世の中にいる。電車に乗っていて困っている人をそっと助ける人もいる。それだけだって素晴らしい。でも、困っている人に「いつくしみ」をもって向き合うことができたら、人生は、少しだけ変わってくるのかもしれない。

「いつくしみ」は、通常、「慈しみ」と書く。でも、「愛《いつく》しみ」と書くこともできる。慈愛という言葉があるように「いつくしみ」という言葉には「慈」という言葉と「愛」という言葉が折り重なるような語感がある。「いつくしみ」は一つの「愛」のかたちだといえると思う。漢字学者の白川静《しらかわしずか》（一九一〇〜二〇〇六）によると「慈」という文字には次のような意味があるらしい。

1. いつくしむ、いつくしみ、なさけ、あわれみの心。
2. 父母にやさしくつかえる。

「慈」には「なさけ」と「あわれみ」という語感が含まれているというんだ。「なさけ」は、「情」と書く。「いつくしみ深い」ということは、「情が深い」という意味に近いらしい。「情が移る」という表現もある。もう他人事《ひとごと》として考えることはできない、という心情だ。別の言い方をすれば、「いつくしみ」は、「情」が動かなければ生まれないともいえる。考えているだけではだめなんだ。情報をどんなにたくさん調べ上げても「いつくしみ」は動き出さない。

「あわれみ」は「憐《あわ》れみ」と書き、また「哀れみ」とも書く。「いつくしみ」と「あわれみ」は同じ心情の別な呼び名だともいえる。でも、「あわれむ」という言葉は、最近、あまり用いられなくなっているように感じる。恵まれている人が、そうでない人に「施《ほどこ》し」をするような情景をどこか思い起こさせるからなのかもしれない。

でも、ほんとうの「あわれみ」とは、「憐」という文字が「隣」という文字と似ているように、強い共感と共振の情動とともにありながら、苦しみ、嘆く人の隣にそっといることなのではないだろうか。

君も**ローマ教皇**の存在は知っていると思う。キリスト教カトリック教会の指導者でバチカン市国の元首でもある。現在の教皇フランシスコは二〇一三年に教皇に就任した。着任してほどなく、彼は教会の改革に着手し、世界にむかってもさまざまな変容を呼びかけた。今、世界が彼の言葉に注目している。誰かが語ってくれるのではないかと、人々が心から願っていることを彼が言葉にすることが少なくないからだ。それは耳に心地よいことばかりではない。むしろ、耳が痛くなることも、あるときは耳をふさぎたくなるような厳しい現実をめぐって語ることもある。それでもなお、人々が彼の言葉に耳を傾けるのは、そこに深い「いつくしみ」を感じるからだ。教皇は「いつくしみ」とは何かをめぐってこう語っている。

群衆と交わり、福音を告げ知らせ、病人をいやし、隅においやられている人に寄り添い、罪人をゆるすことによって、イエスはすべての人に開かれた愛を、目に見える形にしました。その愛はだれをも除外しません。境界線を設けることなく、すべての人に開かれています。愛そのもの、無償で完全な愛です。十字架上のいけにえにおいて頂点に達する愛です。

（『いつくしみ――教皇講話集』教皇フランシスコ／カトリック中央協議会事務局編訳）

「いつくしみ」とは、この世にいる人々が、抗《あらが》いがたい理《ことわり》によってつながっている、という現実を認識することにほかならない。そして、そうしたことを実現しているのは、人間を超えたもの、教皇が「神」と呼ぶ存在である。「いつくしみ」とは、他者に起こった出来事をわがこととして感じようとするだけでなく、「神」のはたらきの存在を感じ直してみようとすることにほかならない、というんだ。

教皇はもちろん、キリスト者だから、しばしば「神」を語る。彼は「神」であるイエスの存在を語る。君はもしかしたら、こうしたところにある抵抗を感じるかもしれない。教皇は、「いつくしみ」とは人間の努力によって獲得される才能だとは思っていない。「神」によって万人に与えられた愛の種子のようなものだと考えている。彼が「いつくしみ」の開花を強く語るのは、その可能性がすでにすべての人のなかに生き生きと存在しているからなんだ。「いつくしみ」は、「神」からの促しに人間が応じたところに生まれる小さな奇跡だと、彼は信じている。

「教皇」という名称はラテン語で“Pontifex”という。それは「橋をつくる人」という意味になる。この名前の由来にふれながら、彼は自らの「橋を架ける」という役割をめぐって、あるジャーナリストとの対話でこう語っている。

わたしたちの模範であるイエス・キリストにならって、橋を架けねばなりません。イエス・キリストは父なる神から《Pontifex》——橋をつくる人——となるために遣わされました。わたしの考えでは、まさにそこに教会の政治活動の基本があります。

（『橋をつくるために』教皇フランシスコ／戸口民也訳　新教出版社）

こんなことはできない。「橋」をつくることができるのは、教皇という立場と力があるからで、立場も力もないぼくたちにはそんな真似はできない、と思うかもしれない。でも、先に見た「いつくしみ」をめぐる教皇の言葉と「橋をつくる人」とを考えあわせてみると、「いつくしみ」の心が動き出すとき、ぼくたちもまた、「橋を架ける人」であるという自覚を想い出せる、ということにならないだろうか。そして、「いつくしみ」が、「境界線を設けることなく、すべての人に開かれてい」る愛であるなら、その力はぼくたちにも届いているのではないだろうか。

ここで急に「政治」という言葉が出てきたことに驚くかもしれない。この本で彼は「大きな政治」と「小さな党派的政治」という表現を使い分け、教会は、「小さな」政治には介入しないが、「大きな政治」には責任を持つ、と述べている。また、「政治はたぶん、最大の愛徳行為の一つでしょう。なぜなら、政治をするということは人々を担うことだからです」とも語っている。

事実、歴代のローマ教皇は、国際政治で独自の役割を担ってきた。よく知られたところでは、キューバ危機のとき、教皇ヨハネ二十三世がアメリカとソ連を仲介し、核戦争の勃《ぼっ》発《ぱつ》を防いだということがある。最近でも、アメリカとキューバの関係改善において教皇フランシスコが小さくない役割を担ったという報道もあった。彼は世にある分断、分裂のあるところに「橋」を架けようとしている。それだけでなく、彼はさまざまなところにある目に見える「壁」、あるいは目に見えない「壁」をなくそうとしている。

目に見える「壁」の最たるものは経済的格差や人種、あるいは境遇的な差別だ。これは歴然と存在する。その存在は、差別など存在しないと語る人々によっていっそう確かなものになる。教皇はさまざまなところで「貧しい人」と「見捨てられた人」と共にあることの意味を語る。ぼくたちに求められているのは、助けを必要としている人に何かを施すことだけではない。「ともに生きる」ことなんだ。彼、彼女らの苦しみが自分のそれであることに、気が付くことだといってもいいのかもしれない。

君は、苦しんでいる人が、自分の代わりに苦しんでくれている、そう感じたことはあるだろうか。悲しんでいる人は、その人が勝手に悲しんでいるのではなく、世界にある大きな悲しみを今、目の前にいる人が全身で背負ってくれていると考えたことはあるだろうか。もしも、他者の苦しみが、自分のそれなのだとしたら、それを背負っている人たちは、ぼくたちの苦しみ、ぼくたちの悲しみを背負ってくれていることになりはしないだろうか。

以前、君に**神谷美恵子**という、医師であり思想家の言葉を送ったことがある。彼女は詩を書く人でもあった。彼女は、若き日にハンセン病という大きな試練を背負う人と出会い、人生が変わった。変わったというよりも、このとき彼女は「いつくしみ」という心情を経験した。それは「癩者《らいしや》に」という一篇の詩にありありと描かれている。

光うしないたる眼《まなこ》うつろに
肢《あし》うしないたる体になわれて

診察台《だい》の上にどさりとのせられた癩者よ
私はあなたの前に首《こうべ》をたれる。

あなたは黙っている
かすかに微笑んでさえいる
ああ　しかし　その沈黙は　微笑は
長い戦の後にかちとられたものだ

運命とすれすれに生きているあなたよ
のがれようとて放さぬその鉄の手に
朝も昼も夜もつかまえられて
十年、二十年と生きて来たあなたよ

なぜ私たちでなくてあなたが？
あなたは代って下さったのだ
代って人としてあらゆるものを奪われ

地獄の責苦を悩みぬいて下さったのだ。

ゆるして下さい、癩の人よ
浅く、かろく、生の海の面に浮かびただよい
そこはかとなく　神だの霊魂だのと
きこえよき言葉あやつる私たちを。
心に叫んで首をたれれば
あなたはただ黙っている
そしていたましくも歪められた面に
かすかな微笑みさえ浮かべている。

（「癩者に」『新版　うつわの歌』神谷美恵子）

「いつくしみ」という言葉を想うとき、この一篇が思い浮かぶ。「なぜ私たちでなくてあなたが？／あなたは代って下さったのだ／代って人としてあらゆるものを奪われ／地獄の責苦を悩みぬいて下さったのだ」との一節には、「いつくしみ」の秘義が込められている。

もし君が、自分が背負うはずの荷物を、誰かが背負っているのを知ったとする。その人

は下を向き、疲れた面持ちで歩いている。そのとき君はその人を見て、見ぬふりをするだろうか。楽ができてよかったと思うだろうか。君はきっと駆け寄って、その荷物を持たせてくれと懇願するだろう。そして、気が付かなかったとはいえ、これまでの道のりを、その人ひとりで歩かせたことに後悔を感じるだろう。そして、君ならきっと、これからは、あなたの荷物を少し自分に持たせてくれないかと願い出るに違いない。

事実、神谷美恵子という人はそうした生涯を生きた。彼女の偉大さは、没後四十年を経てもなお読まれ続ける新しき古典の作者であるということよりも、苦しむ者、悲しむ者、嘆く者に学び続けたところにある。自らの心情を語ることをせずに、己れの人生からの問いに静かに向き合う市井の賢者たちの姿を見過ごさなかったところにある。

「きこえよき言葉あやつる私たち」と神谷美恵子は書いている。ぼくたちも「きこえよき言葉あやつる」者なのかもしれない。でも、もし、少しでもそうした言葉の罠《わな》から抜け出たいと願うのなら、自らの営為を「語る」ことで終わりにしないことだ。言葉は、ぼくたちを「いつくしみ」の世界へとつなぐ扉である事実を忘れないでいることが大切なのだと思う。

教皇は「いつくしむ」ことを人々に強く促す。「いつくしみ」とは何かを知ることではない。現実の行為によって「いつくしみ」とは何かを経験し、体現しなくてはならない、というんだ。「いつくしみ」が実現するには他者の存在を欠くことはできない。言葉は、ぼくたちと他者を結ぶ扉だ。それはなくてはならない。でも、扉の前に立ちつくしているだけでもいけない。

「あわれみあるかたと、あわれな女」という、教皇が世界にいるキリスト者に送った公開書簡がある。そこで教皇は「いつくしむ」とは「他者との出会いの再発見」であるという。また、「兄弟の苦しみに無関心だったり、顔を背けることのない、他者を気遣う文化」であるといい、こう言葉を継いだ。

「いつくしみのわざは『手仕事』のようなものです」。そのどれも他の人のわざと同じではありません。わたしたちの手は、何千もの表現で形づくることができます。それゆえ、たとえ唯一の神がそれらの着想を与えたとしても、また、それらのすべてが同じ「材料」、すなわちいつくしみから作られたとしても、それぞれが異なる形を取ります。

(『使徒的書簡　あわれみあるかたと、あわれな女』教皇フランシスコ／濱田了訳)

「いつくしみ」が現実の出来事になるとき、それは手仕事が生まれるときのような道程を経る、と教皇はいう。この世に同じ手仕事は存在しない。似ているように見えても繊細な違いがある。固定された「いつくしみ」の姿は存在しない。あるとすれば、それは手製に見えるように作られた機械製なのだろう。

前にもふれた石牟礼道子という人が書いた『苦海浄土　わが水俣病』という作品も「いつくしみ」の文学だ。「いつくしみ」の眼、「いつくしみ」の魂で世界と向き合ったときに生まれてきた言葉の数々だ。最晩年、彼女とこれからの世代に何を伝えたいかという話をしたことがある。そのとき、彼女は少し沈黙したあと、「手仕事が大事だとおもいます」とつぶやくように語った。

手を動かすだけで、ぼくたちはこの世界は頭で理解し得ないことに満ちていることを知る。ぼくたちは「知る」ことだけでは、どうしても終わらないものが存在することにも直面する。石牟礼さんは、人生の多くを水俣病で苦しむ人たちへの、そして、言葉を奪われた人たちへの「いつくしみ」のために費やした。

国も自治体も企業も「水俣病」の責任を認めようとしないなかその責任を問う運動「水俣病闘争」が起こる。石牟礼さんは初期から中心的存在としてその列に加わった。のちに彼女は、その運動にたずさわった人々にふれ、次のような言葉を残している。

世の中には、無償のことをだまって、終始一貫、やりおおせる人間たちが、少なからずいるということを知りました。当の患者さんたちにさえ、名前も知られず、顔も知られず、やっている事柄さえ知られずに、いや知らせずに、それこそ、三度のメシを一度にして、ただでさえ貧しい家産を傾けて生命をけずり、ことを成就させるためには何年も何年も、にがい苦悩を語ることなく黙々と献身しつづけた多くの人びとと共にわたしは暮しました。ただ瞠目《どうもく》し、居ずまいを正し、こうべを下げて過ぎこして来ました。この知られざる献身はいまにつづき、おそらく患者たちの最後の代まであることでしょう。このようなひとびとの在ることはわたくしにとって荊冠《けいかん》でもあり、未知なるなにかであり、実在の永遠でした。そのいちいちを患者たちは知らずともここに記し、終生胸にきざみ、ゆくときの花輪にいたします。もうあの黒い死旗など、要らなくなりました。目がもつれますから。

（「天の病む」『実録水俣病闘争』石牟礼道子編）

ここには確かに「いつくしみ」が存在する。でも、ここには「神」という言葉は記されていない。「神」という言葉はないけれど、君はここに亡くなった人たちの存在を感じることはできるだろう。亡き人たちと「神」はもちろん同じではない。しかし、死者たちは、ぼくたちよりも「神」に近しい存在だとはいえるかもしれない。「いつくしみ」が生まれるためにはどうしても人間を超えたところからの光のようなものが必要なのかもしれない。語ることよりも行うことのなかに、「いつくしみ」は、いっそう確かにその姿を現す。あるいは「いつくしみ」には、語ることではどうしても終わらない何かがある。

教皇は、「いつくしみ」は、「貧しい人々の近くにあることで形をとります。それは、かかわりが求められている状況を、わたしたちが見過ごさないように迫ります」とも述べている。そして「いつくしみ」は、ぼくたちの身体や心だけでなく「いのち」に働きかけるともいう。

いつくしみのわざは、実際、人のいのち全体に影響を与えます。それゆえ、わたしたちは、心と身体、つまり人のいのちに触れることのできる簡単なしぐさから始まって、新たな文化的革命を起こすことができます。これは、問題にかかわることなく快適な生活を送るために、無関心と個人主義に逃れようとする誘惑を捨て去るようにと、主のことばがたえず呼びかけていることに気づいて、キリスト者共同体が担うべき責務なのです。イエスは弟子たちに仰せになりました。「貧しい人々はいつもあなたがたと一緒にいる」（ヨハネ12・8）。イエスがご自分を彼らの一人ひとりと同じであるとされた以上、かかわらないことを正当化する言い訳は、どこにもありません。

（『使徒的書簡　あわれみあるかたと、あわれな女』同前）

「いつくしみ」の実現は、単に他者を思いやるという行為であるだけでなく、そこには愛の革命と呼ぶべき何かが起こるちからが秘められている、そう教皇はいう。「革命」とは、世界観や価値観を根本から改めることにほかならない。

これまでぼくたちは、世界をあまりに権力や財力といった目に見える「力」の論理で作り上げてきた。これを教皇は、「いつくしみ」の理法によってつくり変えようとしている。神谷美恵子や石牟礼道子の言葉は、そうしたことがこれまでも市井の人々の間で、静かに、沈黙のうちに行われてきた事実を告げている。

その列に加わることは、どこか誇り高い営みではないだろうか。

自分を必要としてくれる人は、自分の目の前にいるとは限らない。「いつくしみ」の眼が開かれるとき、そうした人たちへと続く小さな道が、ぼくたちの前にも姿を見せ始めるのかもしれない。

急に寒くなりました。風邪を引かないようにしてください。

「空」の世界と「いのち」のちから

君も虚《むな》しさを感じたことがあると思う。虚しいとは、生きる意味を見出《みいだ》せない状態だともいえるし、意味を実感できない状態だとも、いえるかもしれない。意味の手応《てごた》えが薄い、と表現できるかもしれない。

若くても、君のように誠実に生きている人は、人生に明確な「解答」がないことをもう、どこかで感じ始めていると思う。それだけでなく、解答めいたことを語りながら近づいてくる人は、君を取りこもうとしているのだということも。

そうなんだ。ぼくたちは「答え」のない道を「手応え」を頼りに生きていかなくてはならない。でも、虚しさは、その「手応え」を覆いかくすことがある。

生きる意味を感じられないということと、それが存在しないのとは別だということは、これまでも書いてきた。ぼくたちが、何かを実感するからそれが存在するのではない。

ぼくたちが忘れていても、この世界にはいつも、ひとり膝《ひざ》を抱えて涙するほかない日々を生きている人はいる。そうした人に気が付けば何かをしたいと思う。でも、気が付かなければそうした人は、あたかも存在しないかのように感じられる。

虚しさを感じるとき、人は、どこかで絶望におびえている。絶望とは、希望がまったく見失われたかのように感じられる状態だ。キルケゴール（一八一三～一八五五）という哲学者は、それを「死にいたる病」だといった。そうかもしれないんだ。これからの時代、人を死に追いやるのは、病よりも孤独だという研究がある。

だが、この哲学者はそこで考えるのを止めない。絶望を感じるのは、それを深い所で支える希望を経験しているのかもしれないと考えた。彼はこう書いている。

> 絶望するということは、人間自身のうちにひそむことなのである。しかし、もし人間が綜合でなかったとしたら、人間はけっして絶望することはできなかったであろうし、また、綜合が神の御手によってもともと正しい関係におかれているのでなかったら、その場合にも、人間は絶望することはできなかったであろう。
>
> （『死にいたる病』 桝田啓三郎訳）

ここで「綜合《そうごう》」というむずかしい表現が使われているが、それは「大いなるものと共にいなければ」と言い換えてもよい。絶望という、これほど困難な試練に向き合い得るのは、そうした人間をも支えている「神」と共にあるからだ、というんだ。

キルケゴールにとって絶望とは「神」を見失った状態にほかならない。しかし、それはぼくたちが見失っただけで、「神」は、いつもと変わらずに存在する。厚い雲にさえぎられ、太陽を見失えば世界は闇に見える。でも、太陽はいつもと変わらずに存在している。ぼくたちは、かすかな「熱」に気が付くこともあるかもしれない。でも、闇は光が失われた状態というよりも、光が姿を新たにするために一点に収斂《しゅうれん》している状態だと、キルケゴールは感じている。絶望は、新しい光への扉なのだと。

絶望の奥に意味があるのだとしたら、虚しさの奥にも何かがあるのかもしれない。「むなしい」という言葉は「虚しい」とも「空しい」とも書く。この二つを合わせた「虚空《こくう》」あるいは「空虚《くうきょ》」という言葉もある。

「虚言《きょげん》」という言葉があるように、「虚」という言葉には、内実がない、あるいは真実ではない、という語感がある。「空」という言葉も、「空疎《くうそ》」という言葉があるように中身がない、あるいは意味が感じられない、といった語感を伴う。

しかし、この「空」にはそれに終わらない意味がある。この一語に存在の深みを照らしだす意味を託した人たちがいる。たとえば、いにしえの仏教者たちがそうだ。『般若心《はんにゃしん》経《ぎょう》』というお経の名前を聞いたことがあるだろうか。ここには、よく知られた次のような一節がある。

色は空に異ならず。空は色に異ならず。色は即ちこれ空、空はこれ即ち色なり。

（『お経の話』渡辺照宏）

「色即是空《しきそくぜくう》、空即是色《くうそくぜしき》」、『般若心経』というお経を知らなくても、この言葉を知っている人はいる。君も声に出して読んでみるといい。音が自然に胸に飛び込んでくる感じがすると思う。

ここでいう「色《しき》」は、人間が感覚できるもの、「空《くう》」は、それらを在らしめている、感覚を超えたはたらきを指す。『般若心経』というお経は、目に見えるものはすべて、目に見えないはたらきによって支えられているというんだ。

「空」は感覚できないのだから、分からないというかもしれない。でも、このお経は、ぼくたちが五感と呼ぶ感覚の奥に「空」とつながるさらなる感覚があることを暗示してもいる。

高神覚昇《たかがみかくしょう》（一八九四〜一九四八）という仏教者がいる。この人の**『般若心経講義』**は、ある時期広く読まれた。平易な言葉で仏教の奥義を語った人で多くの支持を集めた。そこで彼は「空」をめぐってこう述べている。

いったい仏教の根本思想は何であるかということを、最も簡明に説くことは、なかなかむずかしいことではあるが、これを一言にしていえば、「空《くう》」の一字に帰するといっていいと思う。だが、その空は、仏教における一種の謎で、いわば公開せる秘密であるということができる。

何人にもわかっているようで、しかも誰にもほんとうにわかっていないのが空である。けだし、その空をば、いろいろの角度から、いろいろの立場から、いいあらわしているのが、仏教というおしえである。

(『般若心経講義』高神覚昇)

「空」の一字が表わすものこそ、仏教の真髄にほかならない、とこの人物はいう。ただ彼は、それはたしかに存在するが、人間には解き得ない「謎」だというんだ。万人がそれを感じている。でも、それが何であるかをいうことができない。あるいは、その全貌《ぜんぼう》を認識することができない。「空」を前にした人間が感じ、認識できるのは、まるで「円」の上の「弧」のようなものだという。

でも、円上の弧であっても、真にふれたものは、ここではじめて「超越」という言葉のほんとうの意味を知る。弧があるということは円が見えない形をしていたとしても存在していることを暗示しているからだ。

『般若心経』がいう「色」は儚《はかな》い。文字が示すようにまるで消えゆく「夢」のように感じられるかもしれない。「色」しか感じることができなければ、この世はすべて儚いと思うほかない。でも「空」は違うというんだ。「空」をありありと認識することはできない。

しかし、それは時間のことわりを超えて存在し、今もぼくたちにはたらきかけている。

「色」と「空」を人間において、もう一度とらえ直してみよう。ぼくたちの身体は有限だろうか。そう、ぼくの肉体はおそらく、君よりも早くその役割を終えると思う。ぼくが亡くなれば、心のある部分も消えるのかもしれない。

古代中国の人たちは「魂魄《こんぱく》」という言葉を生んだ。「魂」は消えない心、「魄」は肉体とともにその役割を終えるものだ。でも、「魂」という言葉が、少しごつごつしているからなのか、いつしか日本語には「いのち」という言葉が生まれた。身体も心のある部分も「色」に区分される。でも、それは「いのち」という「空」のはたらきによって存在しているんじゃないだろうか。

次に引くのは「音」と題する詩だ。作者は塔和子《とうかずこ》（一九二九〜二〇一三）という。

私には聞こえるのです
私の奥深くあって
静かに流れている
　いのちの音が

私がまだ始まらぬまえから
始まっていたいのちの音
座っていると
その音は
永遠の宇宙から
愛《かな》しく哀《かな》しく
私の皮膚に包まれて
こだましせまってくるのです

そして
私は
かまきりのような
さびしい目をして
じいっと
それをきいているのです

（「音」『希望よあなたに　塔和子詩選集』）

ここで「いのちの音」と書かれているのは、存在の原点であり、もちろん詩の原点といってよいものだ。この「いのちの音」にふれること、それが「空」の経験にほかならない。この詩人は「いのち」は「私」という存在が生まれる以前から存在している、という。誕生とは「いのち」が「私」に流れ込んでくることだというのだろう。「いのちの音」を聞くとき、ぼくたちは「悲しさ」というよりも「愛《かな》しさ」と「哀しさ」をはじめて理解するというんだ。

「かなしい」は「悲しい」だけでなく、「哀しい」「愛しい」「美《かな》しい」と書いても「かなしい」と読むことは以前にも書いたと思う。人は、真に愛するものを失ったとき、「かなしみ」を感じる。

「哀」は「哀れ」とも読む。「あわれ」とは、「ああ、われ」ということ、何かを他人事《ひとごと》ではなく、わがことのように感じ得たとき、はじめて浮かび上がってくる感情だ。「いのちの音」を聞く。それは「かなしみ」の深みを理解することにほかならない、というんだ。

この詩に出会った日の衝撃は今もありありと思い浮かべることができる。ぼくはこうして君に手紙を書く。その言葉が、ぼくの「いのち」から出て、君の「いのち」に届いたらと思う。

この詩人の言葉が真実なら、「いのち」は朽ちることがないものかもしれない。それであれば、ぼくたちが自分の中に息づいている「いのち」を感じることができれば、存在者としての「私」は有限でも、「いのち」である「わたし」は永遠に属するものであることを深く感じられるかもしれない。

絶望とは希望を見失った状態だと書いた。別な言い方をすれば、それは、「いのち」を見失っている状態だといえるかもしれない。それでもたしかに「いのち」は存在し、ぼくたちにはたらきかけている。

「いのち」が遠く感じられるときは、言葉を探していてもあまりうまくいかないことがある。一つの言葉でよいのに、慌てて多くの言葉を探そうとする。誰だって、急にたくさんの言葉を受け容《い》れることはできない。

言葉との波長が合いづらいこともある。エッセイを読むことも、一篇の詩を受け容れることも、むずかしく感じることがある。

そんなときは、目にしている言葉を全部、読もうとなどしなくていい。そのとき、ほんとうに必要な言葉を摂《と》りいれればそれでいい。

言葉は、ほんとうに植物とよく似ている。「言《こと》の葉《は》」と命名した人は、そのことをじつによく感じていたに違いない。

植物には部位がある。花弁、茎、葉、根、果実、あるいは樹皮など、もっと微細に分類する方法もあって、こうしてみると一つの草にもさまざまな「はたらき」がある。

世の人が「雑草」と呼ぶもののなかには、とても有効な薬用成分を含むものも少なくない。春になればタンポポがたくさん咲く。その葉はミネラルを含んだ栄養源だが、その根は肝臓によいとされている。

植物の場合、それぞれの部位によってはたらき、すなわち効用が違う。文章も同じだ。一冊の本、一つのエッセイ、一篇の詩をまるごと愛するのもいい。しかし、あるときは、その部分が必要になることもある。一部分の方がよいこともある。

身体の調子が悪い人にいきなりどんぶり一杯のご飯は食べさせない。重湯、お粥《かゆ》、そして白米へと移っていき、さまざまなおかずを食べるようになって、通常の食事に戻っていく。言葉も同じだ。

たとえば、古典になっている長編小説は、ある意味、米俵のようなものでそれを持ち上げられる人はそう多くない。そこから少しずつ米をとって毎日少しずつ食べていく。言葉でも同じことをすればいい。

一篇の詩をまるごと読むのがむずかしい。そんなときもある。詩は、文字数が少なくてもいわば、意味の質量が重いから、心身の状態によっては受けとめるのが困難なこともある。

詩のなかから、強く惹《ひ》かれる個所《かしょ》をノートに書き写し、そこに少し自らのおもいを添える。たとえば、さっきの「音」のなかから、次のような部分を抜き出す。

私がまだ始まらぬまえから
　始まっていたいのちの音
座っていると
その音は
永遠の宇宙から

愛しく哀しく
私の皮膚に包まれて
こだましせまってくるのです

そこに君が、数十文字でよいから言葉を添えるんだ。

たとえば、「この詩によってぼくは、はじめて『いのち』のありかを感じた。身体と心を包む『いのち』。太古の昔から、ずっと受け継がれてきたものが自分の中にも生きているのを感じる」、というように。

まんぜんと本を開いて、こころを動かされた詩句を毎月二つ引き、そこに数十文字の自分のおもいを書き添える。すると一年で二十四の「言葉集」ができあがる。

大切な人をおもいながら、ノートを完成させる。一年がかりで、植物を育てるように言葉を育てる。すると、木々が果実を実らせるように、思ってもみなかった何かに出会うことになる。

どう生きたらよいか迷っているとき、ぼくたちが探さなくてはならないのは、何が自分にとって得で、何が損かという判断基準ではなくて、たった一つの言葉なのかもしれない。

どうあることが、ほんとうの意味でもっとも自分らしいのか、その道を照らしだしてくれる素朴な、しかし強い言葉と出会えれば、それまでは「迷い」としか感じられなかったものにも意味を見出《みいだ》すことができる。
言葉は「種《たね》」のようなものだから、急いで生きているときは、なかなか目に入らない。道端に咲いている花なら気が付くことができる。君も花を見るために立ち止まったことがあるかもしれない。でも、小さな黒い粒である種を見つけるのは難しい。道に落ちている種を拾い上げたことがあるだろうか。

誰も居てはいけない
そして樹がなければ
さうでなければ
どうして私がこの寂しい心を
愛でられようか

（「散歩」『原民喜全詩集』）

樹は動かない。いつも存在している。それなのに、ぼくたちは誰か他の人といると、あまりよく目に入らない。でも、独りでいるとき、樹は無音のコトバでぼくたちに何かを語りかけてくる。お前が愛さなくてはならないのは、ほかでもない、お前の寂しい心だとこの樹は教えてくれる、とこの詩人はいう。

君は、原民喜《はらたみき》（一九〇五〜一九五一）という名前を聞いたことがあるだろうか。原爆投下後の広島の光景を描き出した『夏の花』という散文詩のような小説の作者として文学史に不朽の名を刻んでいる。

一九四四年、広島に原爆が投下される前年、彼は妻を喪《うしな》っている。この出来事は彼に文字通り巨大な衝撃を与えた。それから彼にとって詩を書くことは亡くなった妻に手紙を送るような行為になった。「一つの星に」と題する詩があって、彼のことを思うたびにこの作品が思い浮かぶ。

わたしが望みを見うしなつて暗がりの部屋に横たはつてゐるとき、どうしてお前は感じとつたのか。この窓のすき間に、あたかも小さな霊魂のごとく滑りおりて憩《やす》らつてゐた、稀れなる星よ。

（前掲書）

「お前」とこの詩人が呼びかけているのは「星」の光だということに文字の上ではなっている。でも「小さな霊魂のごとく」とあるように彼は「星」の光に亡き者の面影を見ていいる。

この詩人は、自分はもう一人きりになってしまったと思っている。生きる意味を見出せず、このまま生きているのがよいのかも分からない。でも、そんなとき、気が付かないうちに、亡くなったはずの妻が無言のまま寄り添っているのを感じる、というんだ。

樹が目に入らないとき、星の光に気が付かないとき、ぼくたちは自分の心のなかにある言葉という種子にも気が付かない。

どんなに大きな樹木も、美しい花も、一つの種から生まれている。種には、大きな可能性が潜んでいる。でも人は、ときどき、それを信じ、感じることができなくなる。とくに生きることに虚しさを感じたとき、ぼくたちの眼は種を見つめるちからを失いがちだ。

言葉の種子をはっきりと感じる方法、それは書くことだ。思ったことをどんどん書くのではなく、書きながら自分が何を思っているのかを確かめるように書くんだ。考えたことをそのまま文字にするんじゃなくて、むしろ、書くことで自分の心のなかにあるものを知るように書くんだ。

でも、何でもいいから書くといいと言われてもなかなかむずかしい。ぼくが君にすすめたいのはやっぱり詩だ。詩は、困難にあるときの君を救い出すだけでなく、そっと生きる意味を解き明かしてもくれる。

これまでも詩をいくつか引用したり、ぼくが書いた詩を君に送ったりした。もしかしたら、君はもう詩を書いているかもしれない。詩を書くとはどのような状態であるのかを言葉にしてくれている人がある。別な言い方をすれば、どんなとき、人は詩を書くことができるのかを教えてくれている言葉なんだ。「詩は書いていながら、詩そのものについて語ることが今どうしても出来ないのです」と述べたあと、次のような言葉が続く。

元来私が詩を書くのは実にやむを得ない心的衝動から来るので、一種の電磁力鬱積《うっせき》のエネルギー放出に外ならず、実はそれが果して人のいう詩と同じものであるかどうかさえ今では自己に向って確言出来ないとも思える時があります。

（「詩について語らず」『緑色の太陽』高村光太郎）

詩を書きたいから書く、というよりも書かねばならないから書くのだ、と高村光太郎《たかむらこうたろう》（一八八三〜一九五六）はいう。「一種の電磁力鬱積のエネルギー放出に外ならず」というように、詩は人間が「書く」のではなく、人間から「生まれてくる」ものだという。

人間の力で「作った」ものではなく、「いのち」から言葉が「生まれてくる」とき、それは自《おの》ずと詩になっていく。ある陶芸家がまったく同じことを書いているのを読んだことがある。

今の願いは私の仕事が、作ったものというより、少しでも多く生れたものと呼べるようなものになってほしいと思う。

（「一瞬プラス六十年」『無盡蔵』濱田庄司）

人は何かを「作る」力をもっている。しかし、「生む」ちからもわが身に宿している。ここまで書いてきたから、君にはもうよく分かっていると思う。人生の困難にあるとき、ぼくたちを救うのは「作る」力だけではなく、さらにいえば「作る」力よりも「生む」ちからなんだ。

君が詩を「作る」ことができないときでも、君の「いのち」は、詩を生むことができる。苦しんでいるとき、詩を「生む」というひと筋の道を忘れずにいてくれたらと思う。

急に寒くなったね。あったかくして、ゆっくり、そしてのんびりと生きてください。冬の寒さは、あまり動かず、少し休めとぼくたちに言っているのだと思います。

読書の扉

君に伝えたかどうか、覚えていないのだけれど、ぼくは十六歳になるまで本を三冊しか読んだことがなかった。

小学校や中学校で読書感想文の課題があったのでは、と疑問に思うかもしれないけど、そうしたものは全部兄に書いてもらっていた。中学生のとき、図書館で、たまたま手にした勝海舟《かつかいしゅう》、坂本龍馬《さかもとりょうま》、そして田中正造《たなかしょうぞう》の伝記、これがぼくの読書体験のすべてだった。

周りには読書好きの友だちもいて「本の虫」という表現がそのまま当てはまるように本から離れない生活を送っている人もいた。家に本がなかったわけじゃない。父親は大の本好きで、小さな図書館くらいの本が家にあった。

このころ、ぼくがまったく本を読まなかったのは、自分が探しているものと、本が結びついていなかったからだ。あるときまで、ぼくの読書の扉は閉まったままなだけでなく、扉の存在すら見えていなかった。

君に本を読むべきだと、言いたいわけじゃない。本は読みたいときに読めばいい。でも、読まなくてはならない時期に本を読まないと、もったいないことが起きるかもしれない。それは食べるべきときに食べないのと似ているからだ。食べるべきときに食べるべきものを食べる。するとぼくたちは充足を感じる。これが噛《か》み合わないと「食事」にならない。量は多すぎても少なすぎてもいけない。そして、できれば、「添加物」は少ない方がいい。

君が水を飲むのは、のどが渇くからだ。食べ物に手を伸ばすのは、空腹感はもちろん、満たされない何かを感じるからだろう。君の身体は、食べたものがもとになってできている。

心はどうだろう。その基盤をなしているのは、君が接してきた言葉と、抱いたおもいなんじゃないだろうか。言葉そのもの、食べものそのものの良さが生きているとき、それは摂取する者の心身を深く癒《いや》す。

ぼくにとって言葉は、あるときから意思伝達の手段ではなく、心の糧《かて》になった。本は、言葉の貯蔵庫のように感じられるようになった。きっかけは、家から離れた高校に通うようになって一人暮らしを始めたことだった。

当時の部屋にはテレビがなかった。父親がテレビはない方がいい、と判断したんだ。それまではテレビがあるのが当たり前の毎日だったから、なかなか生活のリズムがとれない。学校が終わって、次の朝まで時間をもてあます。何がきっかけだったのか、ぼくは本を読むようになった。今から思うとテレビを遠ざけてくれた父の決断が、ほんとうにありがたく感じられる。もっとも大きな父の遺産だといってもよいくらいだ。本を読む喜びを知らなければ、ぼくが書き手になることもなかっただろうから。

最初に読んだのは芥川龍之介《あくたがわりゅうのすけ》だった。理由は素朴で、彼の「羅生門《らしょうもん》」が教科書に収められていて、それがとっても興味深く感じられたからだ。

ある期間は、芥川ばかり読んでいた。次第に芥川が、最晩年の夏目漱石の門下であることが分かってきて、漱石の作品を読むようになった。

君も漱石の作品を読んだことがあると思う。彼のような作家は、先にいった「扉」に比していうと、多くの人の目に映る、大きな扉だ。そこをくぐると文学の世界、あるいは書物の世界に導かれる。

当時、手にした本に十九世紀ドイツの哲学者**ショーペンハウエル**(一七八八〜一八六〇)の『**読書について**』という一冊がある。この本は文字通りの意味で愛読したが、君に手紙を書くために読み返してみて、その影響の深さに驚いている。この哲学者も言葉と食べものの間に、単に似ているという以上の何かを感じている。

情報は多い方がよい。現代人はそう信じているのかもしれない。でも、ショーペンハウエルの実感はまったく異なっていた。それは食べ過ぎが身体によくないように悪影響になりかねない。読書においても「過ぎたるは猶《なお》及ばざるがごとし」だというんだ。

食物をとりすぎれば胃を害し、全身をそこなう。精神的食物も、とりすぎればやはり、過剰による精神の窒息死を招きかねない。多読すればするほど、読まれたものは精神の中に、真の跡をとどめないのである。

（『読書について』ショーペンハウエル／斎藤忍随訳）

ここでいう「精神的食物」は、もちろん言葉だ。さらにいえば「意味」だといった方がよいかもしれない。ショーペンハウエルの時代にはインターネットはない。現代に生きるぼくたちにとって、言葉の過剰摂取はかつてよりも深刻な問題だ。ウェブサイトを経由して入っている言葉、あるいは意味も、ここでいう「精神的食物」の一種だとしたら、君はそれを適切に摂取できているだろうか。

ぼくは、旅にでるとテレビを見なくなることに気が付いた（今は家にもテレビがなくなってしまった。壊れたままで、もう一年以上、家でテレビを見ていない）。旅先では街を歩いているだけで新しい経験になって、おそらく情報としての「容量」を超えがちになるのをどこかで察知して、ほんとうに味わうべきものを味わうために自分を「過剰」から守っているのだと思う。

『読書について』は、「読書のすすめ」ではない。むしろ、読書の罠《わな》と呼ぶべきものへの警告を発する本だといった方がよい。先に引用した一節のあとに彼はこう書いている。

絶えず読むだけで、読んだことを後でさらに考えてみなければ、精神の中に根をおろすこともなく、多くは失われてしまう。しかし一般に精神的食物も、普通の食物と変わりはなく、摂取した量の五十分の一も栄養となればせいぜいで、残りは蒸発作用、呼吸作用その他によって消えうせる。

さらに読書にはもう一つむずかしい条件が加わる。すなわち、紙に書かれた思想は一般に、砂に残った歩行者の足跡以上のものではないのである。歩行者のたどった道は見える。だが歩行者がその途上で何を見たかを知るには、自分の目を用いなければならない。

（前掲書）

「読む」という行為は、しばしば「考える」ことを休ませる。「読む」だけの生活は、「考える」習慣をぼくたちから奪うことさえある、というんだ。

また、ショーペンハウエルは、あまり多くのことを身体、あるいは心に残そうとしない方がよいともいう。適切な「量」を身体、あるいは心が選ぶ。接したすべての言葉が糧になるのではない。それは食べたもののすべてが身体に残らないのと同じだ、と。

ショーペンハウエルは、日本語の「理法」にあたる、この世界を流れる、ある作用、あるはたらきを感じている。彼は、調べた言葉を、そのまま語るわけではないことはもちろんだけど、考えただけでもない。彼は考えと感覚と感触が一つになるのを待って語り始める。これは深く学んでよい哲学の態度だと思う。

誰かに差し出されたものを食べていると、食べ物を自分で探し出せなくなる。いつしか「自分の目を用い」て、世界と向き合うことがなくなってしまう。

単なる「読書」は、人生という旅で、他人の足跡をたどっているに過ぎなくなることがある、とショーペンハウエルはいう。自分の人生を生きていると信じ込んでいても、内実は、形を変えた「ひとまね」に過ぎないとすらいう。

本を読むとき、ぼくたちは心のどこかにほんとうの自分になる道を探したい、という本能的欲求がある。でも、ほんとうの自分になろうとするとき、誰かのまねをしても意味がない。どうしたらぼくたちは読書がもたらす「模倣」の誘惑から逃れることができるのだろう。

ショーペンハウエルが強く促すのは「考える」こと、彼がいう「思索」だ。「思索」と「思考」は違う。「思考」はすでにあるものを確かめるように考えることだが、「思索」は人が、おのれの固有の人生の問題と向き合い、その本質を見極めるために、「あたま」だけでなく、全身で生きてみることだといっていい。

『読書について』という題名も『思索のすすめ』とした方がよいくらい、この哲学者は思索の意味を強調する。むしろ、思索なき読書は害悪だとすら考えている。難しくはない。ショーペンハウエルのいう思索は、「咀嚼《そしやく》」にほかならない。あまりに多く食べものを噛まずに飲み込めば、もちろん、人は大きな不自由を感じることになる。

「読む」ということと「思索」が呼吸のように自然にまじりあうとき、何かが起きる。未知なる自己へと通じる道が、ゆっくりと開かれてくる。その合図になるのは言葉だ。ある言葉と巡り合うとき、ぼくたちの「読む」という旅が始まる。この頃に知ったのが**小林秀雄**という批評家だった。近代日本文学に「批評」という形式を確立した人だ。

文学とは他人にとって何であれ、少くとも、自分にとっては、或《あ》る思想、或る観念、いや一つの言葉さえ現実の事件である、と、はじめて教えてくれたのは、ランボオだった様にも思われる。

（「ランボオⅢ」小林秀雄）

何かの本、ある章、あるいはある一節でなく、一つの言葉との邂逅《かいこう》でも十分に人生の「出来事」たり得る。むしろ、そうした小さなことが契機となって生起することを見逃さないことが、「読む」ことを深化させる、という。

小林秀雄の言葉が正しければ、ぼくたちは言葉に出会っていても、それを十分に「事件化」できていないのかもしれない。「事件」は、日々、起きているのかもしれないのに、その前を素通りしている可能性がある。そもそも本が「事件」の現場になりにくい。

本を読まなかったこととも関係していたかもしれないけれど、ぼくは国語の成績もよくなかった。十段階の評価で「四」だったのを覚えている。五段階評価なら「二」だ。

とにかく、今日まで「国語」が得意だと思ったことがない。漢字を覚えるのは苦手ではなかったけど、それ以外のいわゆる「読解」は、何か欠落があるのではないかと思うほど正解できない。国語が不得意だったのは、大学入試まで変わらなかった。とにかくぼくは、試験科目に「国語」（現代文、古文、漢文）のあるところは全部落ちた。

「読む」ことをめぐって、君に手紙を書こうと思いつつ、中学生まで自分がまったく書物と縁がなかったことを想い出していたら、偶然、教科書を制作している会社から連絡が来た。来年度から、あなたの作品を中学校の教科書に掲載したいという。ありがたく、光栄でもあるのだけれど、ほんとうに自分の作品でいいのかという思いもぬぐいきれない。

今、ぼくは世の人に「批評家」と呼ばれ、それで口を糊《のり》している。もちろん、ここには小林秀雄との出会いが決定的に影響している。批評とは誰かの文章を読み、それを読み解くことだ。ぼくは今、かつて自分がもっとも苦手だと思っていた――ある意味では事実でもある――ことを職業にしている。どうしてそんなことが起きるのか。試験の問題を解くのと批評はどこが違うのか。

試験の問題には、いつも先行する読者がいる。そして、その人がどう読んだのかを推察するのが試験だ。「作者はどう考えたか」という問題も少なくないが、それは大いなる嘘で、作者がどう思ったかなど、作者ですら分からない。分かるのは、問題作成者は、どのような意図でその問いを作ったか、ということだけだ。

君の中で、批評精神が目覚めるとき、君はその本のただ一人の読者になる。最初でも最後でもなく、固有な読者として眼前の言葉と向き合うことになる。以前にこの本を誰が読み、どう感じたかは無関係だとはいわないが、君がどう読むかということに比べたら、重みはまったく異なってくる。

小林秀雄は、一つの言葉との出会いであっても「事件」だといった。批評は出会いがなければ始まらない。言葉との出会い、問いとの出会い。そして自分との出会い。そこにだけ何かが始まる。

ぼくたちは、そのとき必要な本に自分で出会うことがなければ、いつも誰かに薦められた本を読んでいなくてはいけない。書店や図書館に行って、本を探す。「探す」というよりも本に「呼ばれる」ような経験をする。それが最初の、そして最重要の課題なんだ。

何を読むかも大事だけど、「読む」とは何かを考えることは、もっと大切ではないだろうか。そして、「読む」ことの最初の関門は、本と出会う、という経験だ。小林秀雄も読書とは、言葉を扉にした書き手と読み手の出会いだという。

僕は、理屈を述べるのではなく、経験を話すのだが、そうして手探りをしている内に、作者にめぐり会うのであって、誰かの紹介などによって相手を知るのではない。こうして、小暗い処《ところ》で、顔は定かにわからぬが、手はしっかりと握ったという具合な解り方をして了《しま》うと、その作家の傑作とか失敗作とかいう様な区別も、別段大した意味を持たなくなる、と言うより、ほんの片言隻句《へんげんせきく》にも、その作家の人間全部が感じられるという様になる。

（「読書について」小林秀雄）

この一節が、自分の人生で自分なりの経験を経て実現したとき、その人は読書の扉を開けただけでなく、その人が願いさえすれば、こうした「扉」があることを世に伝えていく人にもなれる。「小暗い処で、顔は定かにわからぬが、手はしっかりと握ったという具合な解り方」、これが読書の現場で起こる出会いだ。

眼と眼を合わせて、抱きあえるような距離で会うのではない。言葉という細い糸を頼りにしながら、暗いところで握るべき手を探すように「出会う」、これが「読む」ことの真の姿だ、と小林秀雄は考えている。考えている、というよりも、これが批評家としての彼の日常だった。

こうした本は探さなくては出会えない。しかし、探すだけでもだめだ。誤解を恐れずにいえば、本に呼ばれなくては実現しない。

本に呼ばれるなんて、そんなことあるのか、と思うかもしれない。今はそう感じていても、君もきっと、いつかどこかで運命の一冊に出会うことになる。

そうした運命の一冊を君はすぐに読むとは限らない。買って、手もとにあるのだけど、ずっと読み切ることができないかもしれない。でも、気になって、いつも手がすぐ届くようなところにおいてある、そんな一冊と君が出会うことができたら、君の読書の扉はもう、けっして閉じることがない。

十六歳を少し過ぎた頃のことだった。今でもはっきり覚えている。少し寒さを感じる、夕方と夜の境目のような時刻だった。下宿から自転車で十五分くらい行ったところにある古本屋の軒先で、その本は一冊百円で売られていた。書名は『**苦海浄土　わが水俣病**』、作者は**石牟礼道子**だった。こうして君に手紙を書いていて、何度も石牟礼さんの言葉と姿が思い返されるのは、彼女と若い人たちに何を語り継ぐかということを何度も話したからなのかもしれない。

古本屋ではじめて『苦海浄土』を手にしたとき、石牟礼さんのことは何も知らなかった。でも、本を手放すことができない。買わずに帰ることを許されない、そんなおもいに包まれて、逃れることができなかった。

後になってみると、この本と巡り合って、ぼくの人生はまったく変わった。そして、この本の作者との出会いは、ぼくという人間のある部分を決定することになる。以前も君に、この作者のことは少し書いた。

ある時期の日本は、人間の「いのち」よりも経済発展を重んじた。水俣病事件はこのとり返しのつかない愚かさを象徴する出来事だ。でも、ぼくたちはこの愚劣さから、こうしたある種の大きな「狂気」から解放されたといえるのだろうか。
『苦海浄土』には、次のような一節がある。「杢《もく》」というのは杢太郎《もくたろう》という名の少年で、彼は水俣病になって、話すことができないだけでなく、介護者なくしては生きることができない。父親は漁師で、彼も水俣病になっている。介護しているのは祖父だ。ある日、この人物が作者にこんなことを語った。

杢は、こやつぁ、ものをいいきらんばってん、ひと一倍、魂の深か子でござす。耳だけが助かってほげとります。／何でもききわけますと。ききわけはでくるが、自分が語るちゅうこたできまっせん。

（『苦海浄土』石牟礼道子）

「魂」が深いとはどういうことなんだろう。現代人はさまざまなことを広く知ることを求め、遠くに行くことに価値を見出《みいだ》す。今は、宇宙に移住することを真剣に語っている人もいる。でも、ぼくたちは自分を、人との関係を、そして歴史との関係を深めることを忘れている。

「杢」は、話すことはできないが、耳は聞こえて、すべてを理解している。自分を襲った「病」のことも、家族の苦労も、そして世の中が自分たちを冷たい目で見ていることも、ありありと感じている。でも、自分の気持ちを話すことができない。『苦海浄土』という作品には、こうした言葉を奪われた人たちの「おもい」が渦巻いている。

そう書くと、何か怖い感じがするかもしれない。もし君がこの本を読んだら、感じるのはそれだけではないと思う。悲しいという言葉が、まったく届かない「かなしみ」と、苦しいという言葉ではとうてい表現できない「くるしみ」のかなたに、君はきっとこれまでに見たことのない高貴な光のようなものを感じると思う。

作者の石牟礼道子さんに会ったことがある。晩年の数年間はとても親しくしてもらった。ある日、彼女に『苦海浄土』を書いているとき、どんな心持ちだったのかを聞いたことがある。

彼女は、全身が荘厳《しょうごん》されるようだった、と語った。

「荘厳」というのは仏教の言葉で、深みから仏の光に照らされ、存在を浄化されることを意味する。世の人は、語ることのできない人の数々のおもいを、石牟礼さんが言葉にしたことで、多くの人が救われたように思ったという。これも事実なのだろうが、彼女自身の実感は違う。救われたのは自分の方だった、というんだ。

君にたくさんの本を読んでほしいとは思っていない。でも、簡単に「読み終わらない本」には出会ってほしい。そして、君を変えるだけでなく、変わっていく君と共に「生きて」くれるような本に出会ってほしい。

誰も君の出会いを準備することはできない。それが人生のおきてだ。でも、それがどれほどかけがえのない出来事かをいっしょに考えることはできる。

出会いはほんとうに不思議だ。そのことだけがもたらし得る人生の恵みがある。ぼくにとっては君との出会いだって、ほんとうは一つの奇跡みたいなものなんだ。

これから一段と寒くなるらしい。くれぐれもからだを大切にしてください。日々、生きられることだって明らかな奇跡なのだから。

愛しいひと

君は最近、ぼく以外の人に宛てて手紙を書いただろうか。現代人の生活は、意識しなければ手紙を書かないのが日常で、手紙が非日常的なものになりつつある。

今、ぼくは自分の生活のなかになるべく手紙を取り入れようとしている。ここでの「手紙」とは、紙に記された文字だけを意味するのではなく、それを書く時間、あるいはそれを書くまでの時間、手紙だから生まれてくる言葉を指す。そして、手紙を書き送りたいと思う人との出会いのすべてをいつくしみたいと思っている。

大げさに感じるかもしれないけど、手紙を書くようになると、生活が変わる。手紙を書いているときだけでなく、書いていないときもその人のことを思っている。むしろ、書けないでいるときの方が、深くその人を感じている。そうしたときぼくは、多くの人の前ではけっして話さないこと、もっといえば話せない言葉をつむぎ始める。

君とは別に、ぼくには手紙を書きたいと思う幾人かの人がいる。その人たちが、ほんとうに健《すこ》やかであってほしいと毎晩祈っている。ぼくは、その人たちと言葉を交えるようになってから、ある「愛」のかたちが自分のなかではっきりと育っていくのが分かった。恋愛でも情愛でもない、愛惜《あいせき》という姿をした愛なんだ。

おそらく多くの人にとってそうであるように、ぼくも「愛」を強く意識した最初の経験は恋愛だった。ある人のことが脳裏に焼き付いて離れない。愛は喜びでもあるけど、苦しみだとも思った。

でも年齢を重ねてくると恋愛は、愛の一部でしかないことを知るようになる。恋愛のほかにも情愛、悲愛、慈愛、友愛、あるいは家族愛といったさまざまな「愛」のかたちが存在することも分かってくる。

「愛しい」と書いて「かなしい」と読む。それだけでなく「いとしい」あるいは「いとおしい」とも読む。

九鬼周造《くきしゅうぞう》（一八八八～一九四一）という哲学者がいる。彼が、香村かすみという歌人の歌にふれながら、「いとしい」あるいは「いとおしい」という言葉の奥に潜むものについて、次のような言葉を書いている。

うす紅の小さき貝殻をおもはする吾子《あこ》の爪かも剪《き》り惜しまるる

わが子の爪を切る。その小さな指は、薄紅色をした小さな貝殻を思わせる、というほどの意味だろう。この歌に潜むものを九鬼はこう記している。

愛する対象の消滅、すなわち時間的非存在に対して「惜しい」という危機的感情をもつ。

（「情緒の系図」『「いき」の構造』九鬼周造）

このとき母親は、我が子が幼子でいる時間が長くない、と感じているのではない。愛するものの現存と無常を同時に感じている、というのである。母親は、生まれたばかりの子どもにも等しく訪れる死を感じている。九鬼は「愛は常に愛惜である。言葉の上でも、『惜し』は『愛《お》し』にほかならない」ともいう。「愛惜」という言葉には二つの「おし」が折り重なっているというんだ。

「いと」とは古語で「どこまでも」「終わりがないほどに」という語感を持つ言葉だ。「いとおし」は「いと愛し」だと九鬼はいう。「いとおしい」という感情は、終わりなき親愛の表現だということになる。もう説明しなくても分かると思う。「いとおしい」という言葉には、永遠の情愛を願ってやまない心持ちが宿っているというんだ。

あるときまで、ぼくはほんとうによく手紙を書いた。その「あるとき」というのは、はっきりしている。日常的にパソコンを使うようになる以前と以後では、手紙を書く習慣はまったく違ってしまった。何か見えない手のようなものが、気が付かないうちに、人と人の心をつなげる手紙という道を見えなくしてしまったようにさえ感じた。

もちろん、そのときは分からなかった。見えなくなっていたものが、もう一度見えるようになったとき、見失っていたものの大きさを知る。ぼくが君に手紙を書いているのも、あるとき見えなくなったものを取り戻していきたいと思っているからでもあるけれど、手紙でなければ伝えられないことと、ぼくが誰かに語り継いでいきたいと感じていることが、とても近いところにあることが分かってきたからでもある。

今から考えると、「いとおしい」と感じたとき、ぼくはペンを走らせずにはいられなかった。それは今も変わらない。

手紙のやり取りをしていると相手のことを深く感じるようになる。こうして、ほとんど毎月のように君に手紙を送る。ぼくが君のことを考えているのは、手を動かしているときだけじゃない。むしろ、何を書こうかと迷っているとき、ぼくは君が傍らにいるような心持ちになる。もっといえば、未来の君のそばにいる自分をすら感じる。こうしたことはなかなかメールでは起こらない。メールは便利だからかもしれない。奇妙な感じもするけど、不便であることが、ぼくに君の存在を強く思わせてくれる。

「いとおしい」と感じるのは、君という存在にだけでなく、君とぼくが出会えている「今」にでもあるんだ。「今」は、ほんとうに繰り返すことがない、そう感じられたとき、ぼくは手紙を書いていたのだと思う。

もう三十年も前になる。ぼくが会社に入った当時、パソコンは部署に一台で、まったく「パーソナル」なものではなかった。それが次第に一人に一台与えられるようになり、連絡はもっぱらメールになった。

そのころ、こんなものを使うようになったら、目の前にいる人にもメールを送って、ちゃんと話ができなくなるんじゃないかと笑っていたけど、それが現実になった。

もちろん、ぼくたちは今も会議をするし、会話もする。でも、かつては、もっと意味がない、ある意味で「無駄」なことを話していた。一見すると無駄に思えるようなことが、あとになって予想もしなかったようなことにつながることも少なくなかった。

仕事だけじゃない。人と人との出会いもそうだ。有益な話をすれば仕事上の関係は強くなる。だが、そこに信頼が生まれるとは限らない。

有益な話を媒介にするとき、ぼくたちは互いを利用していることがある。ぼくの感覚では、ほんとうの信頼は、利害のないところにしか生まれない。こういってもいい。誰かと真の信頼関係を作りたいと思ったら、利害を取り除く努力を始めなくてはならない。

インターネットは、ぼくたちの生活を根本から変えた。その名前のように広く、網のように人と人をつなげた。ぼくたちは今、一瞬にして数千キロ離れた場所にいる人たちと語り合うことができる。

でも、同時にぼくたちは「広い」と「深い」は似て非なるものであることも知るようになった。それどころか広く知ることは、必ずしも深く知ることへと人を導かないことも、深く知るという道を見えなくすることすらあることも分かっている。

あまりに「広く」することに労力を注ぎすぎて、どうしたら「深く」できるのかを見失ってしまったのかもしれない。

十七歳になる頃のとき、ぼくはアメリカの高校に留学していた。当時、日本への連絡手段は、基本的には手紙だった。もちろん国際電話もあったけど、とても高価だったから、緊急時でなければ使わない。

留学中、ぼくは、ほんとうによく手紙を書いた。母がそれをちゃんと保存してくれていて、今、ぼくの手元にある。それらを取り出して読むことはしないけど、捨てる気持ちにもならない。

書かれた言葉は、顧《かえり》みるに値するようには思えない。でも、書いたことそのものには、今でも意味を感じる。振り返ると、あのとき手紙を書いたことと、ぼくが物書きになったことは無関係ではないのかもしれない。

こうして当時のことを書いていると、あの日々の光景が浮かび上がってくる。もう三十五年以上前のことにもかかわらず、今でもあのときの、ペンを走らせている感触がありありとよみがえってくる。遠い国の広い部屋の片隅にある机に座り、デスクランプのほかは明かりのない暗い部屋で一人、何かに憑《つ》かれたようにペンを動かしている自分の姿を思い浮かべることができる。

何か書きたいことがあったから、あんなに多くの――数えていないけれど、週に二、三通は書いたと思う――手紙を書いたわけじゃない。書くことで、自分に今、何が起こっているのか、自分の心のなかに何が生まれつつあるのかを確かめようとしていたんだ。

留学したのは、英語が堪能《たんのう》だったからじゃない。そうなりたかったからでもない。父親が自立しろと、あまりにしばしば言ったからだった。十五歳を過ぎたら、人は自立した人格を有する、というのは父の人間観であり、理想でもあった。

ぼくの父親は、彼が小学生のときに父親――会ったことがないぼくの祖父――を喪《うしな》っている。大学生のときには母も喪い、すでに嫁いだ姉がいたが、自分の力で生きて行かなくてはならなくなった。

人生の後半になって、ぼくはやっと、父親の不安が分かる気がする。家族のために身を粉にして働かなくてはならない、という生活も楽ではない。でも、働くための家族を喪った人間の孤独も耐え難い。

父がいう「自立」は経済的なそれではない。精神的な自立だ。おそらく、父が考えていた自立とは、自分の道を自分で決めるということよりも、どんなことであれ、人生という道で起こった出来事を受け止めようとする態度のことだったのだと思う。もっと平易にいうと、自分の人生から逃げないという勇気をいつも持っていることだともいえる。

人はいつも逃げようとしている。気が付かないうちに自分からすら逃げようとする。嫌なことは避けてもいい。ときにサボってもかまわない。まじめであることは悪いことではないけど、それほど大切なことでもない。でも、君は君自身からは逃れることができない。

まだ十代だったぼくに、自分から逃れようとすることの虚《むな》しさを教えてくれた言葉を、君にも送りたい。


お前は自分を狭苦しく感じている。お前は脱出を夢みている。だが蜃気楼に気を付

けるがよい。脱出するというのなら、走るな。逃げるな。むしろお前に与えられたこの狭小な土地を掘れ。お前は神と一切をそこに見出すだろう。神はお前の地平線上に浮動しているのではない。神はお前の厚みの中にまどろんでいる。虚栄は走る。愛は掘る。たとえお前がお前自身の外に逃げ出してもお前の牢獄はお前について走るだろう。その牢獄はお前が走る風のために一層狭まるだろう。だがもしお前がお前の中に留まって、お前自身を掘り下げるならば、お前の牢獄は天国へ突き抜けるだろう。

（『新版 小林秀雄 越知保夫全作品』若松英輔編）

この言葉を書いたのは、**ギュスターヴ・ティボン**（一九〇三〜二〇〇一）というフランスの哲学者だ。彼の名前はあまり聞いたことがないかもしれない。でも、この人物は二十世紀フランスを代表する人物のひとりだ。

この一節をぼくはティボンの著作に見つけたんじゃない。**越知保夫**《おちやすお》（一九一一〜一九六一）という人の「小林秀雄論」という作品で出会った。越知保夫は、生涯、一冊も本を出さないまま亡くなった。しかし、没後六十年を迎えつつある今もその言葉は読まれ続けている。彼は、ぼくに文学とは何か、信仰とは何か、生きるとはどういう道程なのかを教えてくれた「見えぬ恩人」なんだ。

そもそも、会えるわけがない。一九六一年、彼はぼくが生まれる七年前に亡くなっている。ティボンの言葉は、越知保夫にとって、闇を照らす光だったに違いない。でも、彼がそれを作品に書いてくれたおかげで、その光はぼくのところにも届いた。「虚栄は走る。愛は掘る」。ぼくは、この言葉の光を君に手渡したい。君が何かに走らなくてはならないと思わされたとき、ティボンの言葉を思い出してほしい。君に求められているのは、遠くに行くことではなく、今いる場所を掘ることなんだ。

ティボンには「農民哲学者」という異名がある。彼は農業家が大地を耕すように思索したけれど、いわゆる高等教育を受けていない。彼にとって哲学は、学ぶ対象ではなく、生きるなかで培われるものだった。ほとんど同じ時代、日本にも農業に携わりながら詩を書いた**永瀬清子**《ながせきよこ》（一九〇六〜一九九五）という人物がいた。

彼女は「挫折《ざせつ》することのない人は信用できない。人は宿命として挫折によって『人間』を獲得する」という。挫折は、人を人と人のあいだへと導く、という。

挫折を知るまで人は、自分のちからで生きられると思っている。だが、そうした考えが打ち砕かれたとき、「人間」への道が開かれるというんだ。先の一節のあとに彼女はこう続けている。

心をこめた仕事であれば苦しみがなくて完成しようか。愛することを知るものが悩みなくてありえようか。

よい事づくめの人は、心をこめていないか、より以上のものを求めていないか、人を押しのけていることを自覚しないか、つめたく他を見下げているか、である。

大きな挫折をもった人ではじめて他の挫折を共感することができる。人間の最もふかい感情がそこから発している。流されぬ日蓮はなく、十字架にかからぬキリストはありえないのだ。


（『短章集 蝶のめいてい／流れる髪』永瀬清子）


挫折が人の心の扉を開ける。挫折こそが心にいのちの息吹を招き寄せる。愛を込めた仕事をしているときにだけ、人は挫折を経験する。愛なきところには挫折もなく、人生への扉も開かれることがない。

ただ、ここで永瀬がいう「愛」は、利己愛ではない。自分でよいと思えばそれでよい、という類《たぐい》の独断でもない。真摯《しんし》に仕事をするとき、そこには愛が生まれる。自分を忘れた仕事をしているとき、人は気が付かないうちに愛を体現する、というのだろう。

留学していたアメリカで、ぼくは孤立と孤独を経験した。昨今とは違って、留学しているとき、その街に日本人はほとんどいなかった。少なくともぼくが滞在中に会ったことはなかった。英語での日常会話はあっても、ほんとうの心情を話すことがない日々が積もり重なっていく。

当時、留学生はホストファミリーの家で暮らした。でも、ぼくが行った先の家はすでに離婚していて、そこにはいわゆる「ファミリー」はなかった。母親と子どもがいて、それぞれが一生懸命に生きている。日本から来たぼくのケアをしている余裕はなかったのだと思う。

そんな日々、ぼくはある日、寂しさに襲われたような感じがした。それまでも寂しいと感じたことがあっても、それはあのとき感じたものとはまったく違った。

「さびしさ」も一様ではない。「寂しい」だけでなく「淋《さび》しい」とも書く。寂寥《せきりょう》という表現もあるが、寂寞《せきばく》という言葉もある。

寂寥と寂寞は違う。寂寥のなかでなら人は、寂しさを味わうことができる。そこにある美しささえ感じることもあるだろう。だが、寂寞はまったく違った経験だ。「寞」という文字を辞書で調べると、静かで、ひっそりしているという意味だが、それだけではない。何ともつかみようのない、ときに怖しさを覚えるような感覚を指す。

小説家の夏目漱石は好んで漢詩を書いた。最晩年の彼が残した七律の詩の冒頭にも「寂寞」の文字がある。

真蹤寂寞杳難尋
欲抱虚懐歩古今

真蹤《しんしょう》 寂寞《せきばく》 杳《はる》かに尋ね難《がた》く
虚懐《きょかい》を抱《いだ》きて 古今に歩まんと欲す

(『定本 漱石全集 第十八巻』)

そのまま現代語に訳すこともできるけれど、それでは味気ないから、現代詩に置き換えてみる。

真理の道跡は
寂寞とした地平にあって
目に映ることもなく
それを追うことも
容易ではない

だが　そうであったとしても
真理を求めずにはいられない
だから
無私なる心を胸に抱いて
古《いにしえ》から続く道を　歩き続けたい

これはある種の哲学詩といってもよいもので、この作家の秘密は、単に文学を好み、それをよくしたところにあるのではなく、その出発から最期まで詩と哲学のあわいに生きたところにあることを教えてくれる。

寂寞は、ときに耐え難い。でも、漱石も晩年になって、寂寞は恐怖の対象であるより、畏怖《いふ》と呼ぶべき心情を引き起こすものであることに気が付いている。さらにいえば、寂寞を感じたとき、ぼくたちは人生がそっとその秘密を語ってくれるようなところに立っているのかもしれないんだ。

君もいつか、必ず寂寞を感じるようになる。多くの人はそこから必死に逃げようとする。でもぼくは君に、寂寞の地に立とうとする小さな勇気を持ってほしい。ぼくは君の父親ではないけれど、やっぱり君に自立することをすすめたい。ここでいう自立とは、寂寞に一人で向き合う覚悟のことにほかならない。

こうして君に手紙を書きたいと思ったのは、改めて言葉とは何かを考えてみたいからでもあったけど、いつか君が、詩を書くようになるといいと思っていたからでもある。

詩は、危機にあるとき道を照らしてくれる。ぼくの実感からいえば、詩だけがその行くべきところを指し示してくれたという実感さえある。でも、ぼくがこのことに気が付いたのは、強い風のなか、断崖《だんがい》をよじ登らねばならない、そんな日々においてだった。もう少し早く、詩を読み、詩を書く習慣があったら、とそのとき思った。

初めて詩を書いたのは、二〇一一年、ぼくは四十三歳だった。今でもよく覚えている。詩を書こうと思っていたのではなく、書いていたら詩になっていった。

散文のなかに詩を書くという形式で書いた最初の機会でもあった。編集を担当している人に原稿を送るときも、受け止めてもらえないのではないかと思い、不安だった。でも編集者はむしろ、その詩に強く打たれたと言ってくれた。その詩を含んだ作品は『魂にふれる』という本のなかに収められている。

このとき、ぼくが書いた詩は、亡き人に送る感謝の手紙のような一篇だった。亡くなってみると、その人が自分にどれほど豊かなものを与えてくれていたかが分かってくる。感謝したいけど、その人はもう目の前にはいない。残念なことにぼくたちの人生には幾度もこうしたことが起こる。その人の声が聞こえなくなって初めて、その人の言葉が胸の底に落ちてくる、ということもあるんだ。そうした心情を永瀬清子が「降りつむ」と題する詩に描き出している。

かなしみの國《くに》に雪が降りつむ
かなしみを糧として生きよと雪が降りつむ
失ひつくしたものの上に雪が降りつむ
その山河の上に
そのうすきシヤツの上に
そのみなし子のみだれたる頭髮の上に
四方の潮騒いよよ高く雪が降りつむ。
夜も晝《ひる》もなく
長いかなしみの音樂《おんがく》のごとく
哭《な》きさけびの心を鎭《しず》めよと雪が降りつむ
ひよどりや狐の巣にこもるごとく
かなしみにこもれと

地に強い草の葉の冬を越すごとく
冬を越せよと
その下からやがてよき春の立ちあがれと雪が降りつむ
無限にふかい空からしづかにしづかに
非情のやさしさをもつて雪が降りつむ
かなしみの國に雪が降りつむ。

（「降りつむ」『永瀬清子詩集』）

「かなしみ」の国は、悲しみの国であるとともに愛《かな》しみの国であり、美《かな》しみの国でもある。かなしみの国は、誰の心にもある。その大地を耕すのは、孤独や寂寞、あるいは挫折かもしれない。この詩人は、「かなしみ」は人生の糧であるともいう。

ぼくは君に、誰の目にも明らかな業績を残してほしいとはあまり思っていない。でも、ここで永瀬清子がいう「かなしみの國」だけは、どうしても作り上げてほしいと願っている。その国で、そっとたたずむとき、君は何も言葉を語らないまま、未知なる他者と「かなしみ」によってつながることができるからだ。

君もいつか、「冬」と呼びたくなるような人生の季節に遭遇するかもしれない。でも、この詩にあるように「冬」とは、試練とともに「よき春の立ちあがり」を意味する言葉であることを忘れないでいてください。

ひとまず、君に伝えておきたいと思ったことはみんな書いたと思う。もっと書くこともできる。でも、きっと君は、ぼくが書いた文字を読み、その奥に目にも耳にも感覚できないもう一つのコトバを読み解いてくれるに違いない。

いつまでも元気で、そしてほんとうの自分であり続けてください。それが、むしろ、そのことが、もっとも意味深い仕事であり、労働なのだから。

人生の時——あとがきに代えて

これまで君に手紙を書いてきたのだから、この本の終わりにそえる文章も君に贈る文章にしたい。

『読み終わらない本』という題名には二重の意味を込めた。一つは君が、君の人生で幾度か——できれば危機のときにおいて——読み終えることができない本に出会えるようにという願いを込めて。そしてもう一つは、いつか君が「読み終わらない本」に出会い、それを手にするだけではなく、君が誰かにとっての「読み終わらない本」を書く日がくるようにとも願ってのことだった。

この本の冒頭にリルケという詩人の『若き詩人への手紙』の一節を引いた。同じ文章でリルケは「書く」という営みをめぐって次のように書いている。

何よりもまず、あなたの夜の最もしずかな時刻に、自分自身に尋ねてごらんなさい、私は書かなければならないかと。深い答えを求めて自己の内へ内へと掘り下げてごらんなさい。そしてもしこの答えが肯定的であるならば、もしあなたが力強い単純な一語、「私は書かなければならぬ」をもって、あの真剣な問いに答えることができるならば、そのときはあなたの生涯をこの必然に従って打ちたてて下さい。（高安国世訳）

君も自分は書かねばならないのかと自問する。あるとき心は、沈黙をもって応《こた》えるだろう。まだそのときではないのかもしれない。しかし、別な日に同じ問いを自らの胸に投げ入れるとき、心はどんなに疲れていたとしてもペンを執れ、というかもしれない。人生という海に溺《おぼ》れてしまうと感じる。そんなとき君は、心の深みにある何かを言葉にすることで、君を、絶望の底から救い出すことができる。なぜなら人は、自分を救い出す言葉を自分のなかに宿して生まれてきているからだ。

生きていれば誰もが耐えがたい苦しみを感じる。君にだって苦しみがあるだろう。とても厳しい道程《どうてい》だと思う。でも、この試練の門をくぐることで君は、自分以外の人も、自分とは異なる理由で、苦しみを経験していることを知る。独りで生きることの自覚と他者との分かちがたい関係が、同時に明らかになる。

このとき、君の人生が始まるんだ。それを「人生の時」と呼ぶことにしよう。君にほんとうに豊かな人生の時が訪れますように。

最後に、この手紙を本にしてくれた幾人かの人に感謝を伝えたい。

編集を担当してくれた安田沙絵さん、装丁のデザインを担当してくれた小川恵子さん、装丁画を描いてくれた合田里美さん、そして雑誌連載時に執筆を支えてくれた『小説 野性時代』編集部の皆さん。皆、言葉とコトバを大切にする方たちばかりでした。こうした場所で仕事ができることへの感謝を改めて深く感じています。ありがとうございました。

二〇二三年一月十七日　阪神・淡路大震災の記憶を胸に抱きつつ

若松　英輔

主要参考文献／ブックリスト

★は本文で引用のある書籍です

小さなひと

・デカルト『方法序説』（岩波文庫、谷川多佳子訳、一九九七）
・加地伸行『論語　ビギナーズ・クラシックス中国の古典』（角川ソフィア文庫、二〇〇四）
・吉川幸次郎『論語』上下（角川ソフィア文庫、二〇二〇）
・小林秀雄『考えるヒント2』（文春文庫、二〇〇七）★
・アントワーヌ・ド・サン＝テグジュペリ『小さな王子さま』（山崎庸一郎訳、みすず書房、二〇〇五）★

春の使者

・柳宗悦『南無阿弥陀仏　付心偈』（岩波文庫、一九八六）
・柳宗悦『民藝とは何か』（講談社学術文庫、二〇〇六）
・中島輝賢『古今和歌集　ビギナーズ・クラシックス日本の古典』（角川ソフィア文庫、二〇〇七）
・高田祐彦『新版　古今和歌集　現代語訳付き』（角川ソフィア文庫、二〇〇九）
・谷知子『百人一首（全）　ビギナーズ・クラシックス日本の古典』（角川ソフィア文庫、二〇一〇）
・井筒俊彦『意識と本質』（岩波文庫、一九九一）
・石牟礼道子『苦海浄土　わが水俣病　新装版』（講談社文庫、二〇〇四）
・石牟礼道子『花をたてまつる』（葦書房、一九九〇）★
・プーシキン『プーシキン詩集』（金子幸彦訳、岩波文庫、一九六八）★

言葉の花束

・岡倉覚三『茶の本』（村岡博訳、岩波文庫、一九六一）★
・世阿弥『風姿花伝・三道　現代語訳付き』（竹本幹夫訳注、角川ソフィア文庫、二〇〇九）
・『古事記　ビギナーズ・クラシックス日本の古典』（角川書店編、角川ソフィア文庫、二〇〇二）
・中村啓信『新版　古事記　現代語訳付き』（角川ソフィア文庫、二〇〇九）
・石牟礼道子『椿の海の記』（河出文庫、二〇一三）★
・ブッシュ孝子『白い木馬』（サンリオ出版、一九七四）★
・ブッシュ孝子『暗やみの中で一人枕をぬらす夜は　ブッシュ孝子全詩集』（新泉社、二〇二〇）

悲しみの弦

・神谷美恵子『生きがいについて』（みすず書房、一九八〇）★
・河合隼雄『子どもの本を読む』（河合俊雄編、岩波現代文庫、二〇一三）★
・モリー・ハンター『砦』（田中明子訳、評論社、一九七八）

・河合隼雄『ファンタジーを読む』（河合俊雄編、岩波現代文庫、二〇一三）★
・ミヒャエル・エンデ『モモ』（大島かおり訳、岩波少年文庫、二〇〇五）
・ミヒャエル・エンデ『はてしない物語』（上田真而子・佐藤真理子訳、岩波少年文庫、二〇〇〇）
・河合隼雄『カウンセリングを語る』上下（講談社＋α文庫、一九九九）★

コペル君と網目の法則

・吉野源三郎『君たちはどう生きるか』（岩波文庫、一九八二）★
・山本有三『路傍の石』（新潮文庫、一九八〇）
・山本有三『真実一路』（新潮文庫、一九五〇）
・木村清孝『華厳経入門』（角川ソフィア文庫、二〇一五）
・夏目漱石『こころ』（角川文庫、二〇〇四）

愛と「生きがい」

・二葉亭四迷『浮雲』（岩波文庫、二〇〇四）
・神谷美恵子『生きがいについて』（みすず書房、一九八〇）★
・エピクテトス『人生談義』上下（國方栄二訳、岩波文庫、二〇二〇・二〇二一）

コトバのちから

・高橋巖『シュタイナー教育入門　現代日本の教育への提言』（亜紀書房、二〇二二）
・志村ふくみ『晩禱　リルケを読む』（人文書院、二〇一二）★
・ライナー・マリア・リルケ『マルテの手記』（大山定一訳、新潮文庫、一九五三）★
・ライナー・マリア・リルケ『ドゥイノの悲歌』（手塚富雄訳、岩波文庫、二〇一〇）
・夏目漱石『草枕・二百十日』（角川文庫、一九六八）
・小林秀雄『本居宣長』上下（新潮文庫、一九九二）★
・本居宣長『古事記伝』全4巻（倉野憲司校訂、岩波文庫、一九四〇〜四四）
・ジョン・キーツ『詩人の手紙』（田村英之助訳、冨山房、一九七七）

自由の危機

・ジョン・スチュアート・ミル『自由論』（塩尻公明・木村健康訳、岩波文庫、一九七一）★
・ヴィクトール・E・フランクル『夜と霧』（池田香代子訳、みすず書房、二〇〇二）★
・ヴィクトール・E・フランクル『それでも人生にイエスと言う』（山田邦男・松田美佳訳、春秋社、一九九三）
・内村鑑三『代表的日本人』（鈴木範久訳、岩波文庫、一九九五）

いつくしみの手仕事

・教皇フランシスコ『いつくしみ　教皇講話集』（カトリッ

ク中央協議会事務局編訳、カトリック中央協議会、二〇一七）★
・教皇フランシスコ、ドミニック・ヴォルトン『橋をつくるために　現代世界の諸問題をめぐる対話』（戸口民也訳、新教出版社、二〇一九）★
・神谷美恵子『うつわの歌　新版』（みすず書房、二〇一四）★
・教皇フランシスコ『使徒的書簡　あわれみあるかたと、あわれな女』（濱田了訳、カトリック中央協議会、二〇一七）★
・『天の病む　実録水俣病闘争』（石牟礼道子編、葦書房、一九七四）★

「空」の世界と「いのち」のちから

・セーレン・キルケゴール『死にいたる病』（枡田啓三郎訳、ちくま学芸文庫、一九九六）★
・渡辺照宏『お経の話』（岩波新書、一九六七）★
・高神覚昇『般若心経講義』（角川ソフィア文庫、一九六八）★
・塔和子『希望よあなたに　塔和子詩選集』（編集工房ノア、二〇〇八）★
・原民喜『原民喜全詩集』（岩波文庫、二〇一五）★
・高村光太郎『緑色の太陽』（岩波文庫、一九八二）★
・濱田庄司『無盡蔵』（講談社文芸文庫、二〇〇〇）★

読書の扉

・芥川龍之介『羅生門・鼻・芋粥』（角川文庫、一九八九）
・ショウペンハウエル『読書について　他二篇』（斎藤忍随訳、岩波文庫、一九八三）★
・小林秀雄『小林秀雄全作品15　モオツァルト』（新潮社、二〇〇三）★
・小林秀雄『読書について』（中央公論新社、二〇一三）★
・石牟礼道子『苦海浄土　わが水俣病　新装版』（講談社文庫、二〇〇四）★

愛しいひと

・九鬼周造『「いき」の構造　他二篇』（岩波文庫、一九七九）★
・越知保夫『新版　小林秀雄　越知保夫全作品』（若松英輔編、慶應義塾大学出版会、二〇一六）★
・永瀬清子『短章集　蝶のめいてい／流れる髪』（思潮社、二〇〇七）★
・夏目漱石『定本　漱石全集　第十八巻　漢詩文』（岩波書店、二〇一八）★
・若松英輔『魂にふれる　大震災と、生きている死者』（トランスビュー、二〇一二）
・永瀬清子『永瀬清子詩集』（思潮社、一九七九）★

初出　『小説　野性時代』二〇一九年四月号～十月号、
二〇一九年十二月号～二〇二〇年二月号

若松英輔（わかまつ　えいすけ）
批評家・随筆家。1968年（昭和43年）、新潟県生まれ。慶應義塾大学文学部仏文科卒業。「越知保夫とその時代　求道の文学」で第14回三田文学新人賞評論部門当選、『叡知の詩学　小林秀雄と井筒俊彦』で第2回西脇順三郎学術賞、『見えない涙』で第33回詩歌文学館賞、『小林秀雄　美しい花』で第16回角川財団学芸賞、第16回蓮如賞受賞。他の著書に『井筒俊彦――叡知の哲学』『生きる哲学』『霊性の哲学』『悲しみの秘義』『内村鑑三　悲しみの使徒』『イエス伝』『生きていくうえで、かけがえのないこと』『読書のちから』『弱さのちから』『14歳の教室　どう読みどう生きるか』『本を読めなくなった人のための読書論』『考える教室　大人のための哲学入門』、詩集に『たましいの世話』『愛について』『美しいとき』などがある。

読《よ》み終《お》わらない本《ほん》

2023年 3 月 1 日　初版発行

著者／若松英輔《わかまつえいすけ》

発行者／山下直久

発行／株式会社KADOKAWA
〒102-8177　東京都千代田区富士見2-13-3
電話　0570-002-301（ナビダイヤル）

印刷・製本／大日本印刷株式会社

ISBN 978-4-04-400685-3　C0095